光文社文庫

時代小説

隠密船頭（十三）

稲葉　稔

光　文　社

この作品は光文社文庫のために書下ろされました。

『反逆』目次

小石川
白山
伝通院
神明宮
中山道
駒込
小石川御門
水戸徳川家
春日町
水道橋
千駄木
駒込追分
加賀前田家
本郷
道灌山
日暮里
霊雲寺
湯島天神
神田大明神
池之端仲町
不忍池
弁天
明神下
根岸
谷中
外神田
下谷広小路
東叡山寛永寺
下谷金杉町
御徒町
向柳原
三味線堀
広徳寺
幡随院
下谷竜泉寺町
甚内橋
元鳥越町
猿屋町
鳥越川
阿部川町
新吉原
千住大橋
御蔵前片町代地
新堀川
日本堤
東本願寺
御蔵前通り
御蔵前
首尾の松
御米蔵
田原町
西仲町
浅草広小路
浅草寺
奥山
浅草
小塚原
山谷町
石原橋
御厩河岸之渡し
駒形町
材木町
並木町
雷門
新鳥越町
新鳥越橋
日光道中
花川戸町
山谷堀
駒形堂
浅草
竹町之渡し
吾妻橋
今戸橋
今戸町
浅草橋場町
揚場
白鬚之渡し
中之郷竹町
瓦町
中之郷
源森川
小梅村
竹屋之渡し
三囲稲荷
長命寺
向島墨堤
木母寺
隅田村
北割下水
須崎村
寺島村
法恩寺橋
業平橋
小梅村
天神橋
押上村
亀戸天神

麹町
千鳥ヶ淵
番町
田安御門
半蔵御門
西之御丸
虎之御門
外桜田御門
江戸城
雉子橋御門
一橋御門
新シ橋
和田倉御門
幸橋
土橋
南町奉行所
北町奉行所
鍛冶橋御門
汐留橋
数寄屋橋御門
呉服橋御門
常盤橋御門
神田橋御門
竜閑橋
昌平橋
三十間堀
京橋
数寄屋町
鍛冶町
西本願寺
日本橋
楓川
魚河岸
内神田
和泉橋
神田川
佐久間河岸
神田相生町
弾正橋
八丁堀
海賊橋
荒布橋
中之橋
大伝馬町
小伝馬町
亀井町
通油町
江戸橋
八丁堀組屋敷
南茅場町
日本橋川
亀島橋
小網町
柳原土手
左衛門河岸
銀杏八幡
中之橋
馬喰町
横山町
伝次郎の自宅
稲荷橋
川口町
亀島川
霊岸橋
一ノ橋
新川
行徳河岸
両国西広小路
浅草橋
福井町
浜町堀
薬研堀
霊岸島
二ノ橋
北新堀町
箱崎町
崩橋
箱崎川
佃島
石川島
永代橋
永久橋
下之橋
両国橋
柳橋
一ツ目之橋
尾上町
藤代町
大川
熊井町
佐賀町
今川町
大川端
上之橋
万年橋
新大橋
御船蔵
南本所元町
駒留橋
横網町
深川中島町
千鳥橋
大日横町
弁天町
回向院
御竹蔵
材木町
万年町
海辺大工町
六間堀
北之橋
六間堀町
松井町
相生町
亀沢町
油堀
越中島
亥ノ口橋
永代寺
富岡橋
海辺橋
高橋
猿子橋
中ノ橋
弥勒寺橋
山城橋
竹河岸
二ツ目之橋
深川
小名木川
深川元町
五間堀
緑町
南割下水
蓬莱橋
富岡八幡宮
冬木町
仙台堀
霊巌寺
竪川
本所
亀久橋
雲光院
三ツ目之橋
洲崎
木場
北辻橋
大横川
扇橋
猿江橋
南辻橋
新辻橋
亀戸村
長崎橋
西
北
東
南
四ツ目之橋
猿江町
御材木蔵
横十間川
0
1km

『反逆　隠密船頭（十三）』おもな登場人物

沢村伝次郎……南町奉行所の元定町廻り同心。一時、同心をやめ、生計のために船頭となっていたが、南町奉行の筒井伊賀守政憲に呼ばれて内与力格に抜擢され、奉行の「隠密」として命を受けている。

千草……伝次郎の妻。

与茂七……町方となった伝次郎の下働きをしている小者。

粂吉……伝次郎が手先に使っている小者。元は先輩同心・酒井彦九郎の小者だった。

筒井政憲……南町奉行。名奉行と呼ばれる。船頭となっていた伝次郎に声をかけ、「隠密」として探索などを命じている。

反逆　隠密船頭（十三）

第一章　女中の死

一

いきなり戸が開けられ、店に飛び込んできた若い男は、怯（おび）えた顔で板場のそばまでやって来た。

「助けて、助けてください」

それは、客を送り出したばかりの千草（ちぐさ）が洗い物をはじめたときだった。突然のことに驚いた千草は、若い男を声もなく眺めた。木綿の着物を乱し、この寒空の下だというのに素足だった。

「どうなさったの？」

若い男は激しく肩を上下させ、荒い呼吸をしていた。肌がそそけ立っているのは、寒さのせいではなく、恐怖のせいだとわかった。

「追われているんです。捕まれば殺されます。助けてください」

若い男は泣きそうな顔で訴えながら、表を気にするように何度も戸口を振り返った。

「どういうことかわかりませんけど、とりあえずここにいて……」

千草は板場から出ると、自分が立っていたところに戸口から見えないように若い男をしゃがませ、表を見に行った。人通りの絶えた暗い夜道が星あかりにぼんやり浮かんでいるだけだった。逃げ込んできた若い男を追うあやしげな影は見えなかった。

そろそろ店を閉めようと思っていたところだったので、千草は暖簾（のれん）を外し、店のなかに戻った。若い男は板場に隠れたままだ。

誰もいない店のなかは静かだが、助けを求めて飛び込んできた若い男のせいで、店の空気が張り詰めている。

どういうわけで殺されると言うのか、逃げてきたその理由はなんだろうかと、千草は忙しく考えはするが、助けを求めてきた者を見捨てるわけにはいかない。

「店を閉めますから、しばらくそこにいて」

千草は若い男に言って、残りの洗い物をつづけた。

「いったい誰に追われて、殺されると言うの？」

「それは……」

若い男は口をつぐんでかぶりを振った。荒い呼吸は収まっていて、膝を抱えるようにしてしゃがんだままだ。

「それは、なに？」

「言えないのです。いまは言えません」

若い男は唇を引き結んでかぶりを振った。助けてくれと言って逃げ込んできたくせに、そのわけを話さないのはよほどのことがあるのかもしれないが、そばにしゃがんでいる若い男の巻き添えにならないだろうかと、一抹の不安もある。

「あなたを追っているのは誰なの？」

「それも……いまは堪忍してください。申しわけありません」

若い男は拝むように手を合わせた。

「名前はなんとおっしゃるの？」

「赤星、友助です」

千草は洗い物をしながら、そばにしゃがんでいる若い男を見た。黒く澄んだ瞳が見返してくる。悪さをするような目でも顔でもない。どちらかというと、おとなしげな顔つきだ。

「おいくつ？」

「十六です」

赤星友助がそう答えたとき、いきなり店の戸が引き開けられた。千草がさっと見ると、ひとりの侍が息を切らしながらにらむように見てきた。

「店はもう終わりですけれど……」

「ああ。この店に若い男が来なかったか？　棒縞の小袖を着ている男だ」

侍は店のなかを探るように眺めた。顔は見えないが、もうひとり表に連れがいるのがわかった。

「さあ、そんなお客は見えませんでしたけれど」

「さようか」

侍はもう一度店のなかを眺め、「邪魔をした」と言って去った。

赤星友助が追われているのはたしかなようだ。千草は低声でここから動かないでと注意をして、閉められたばかりの戸を開けて表を探るように眺めた。黒い二つの影が、稲荷橋をわたり鉄砲洲のほうに歩き去るのが見えた。

「いまのお侍に追われているのね」

「さようです」

「もう行ったわ。あなたを追っているのは何人？　いまここを訪ねてきた侍にはもうひとり連れがあったけど……」

「おそらく五人か六人だと思います」

ずいぶんな人数だ。

「どうして追われているの？」

「知っているからです。外に漏らせないことを、知っているからです」

「どういうこと？」

「すみません。水を飲ませていただけませんか」

友助は千草の問いには答えずに、そう言った。柄杓で掬ってやると、友助は喉を鳴らして、ひと息で水を飲んだ。手の甲で口をぬぐい、礼を言った。少し落ち着いたようだ。

「これからどこへ行くの？」

「それは……」

友助は立ちあがって戸惑った。

「お住まいはどちら？」

「ないのです」

千草は目をしばたたいた。

「どちらからここまで来たの？」

「愛宕下(あたごした)です。わたしはさるお方のお屋敷に奉公していた者です。申しわけありませんが、詳しいことは言えないのです。どうかご勘弁を」

友助は頭を下げた。千草はため息をついて、友助を眺めた。悪い男ではなさそうだ。詳しい話ができないのは、千草のことを信用していないからだろうし、また打ち明けられない事情があるのだろう。

「もし、よかったらうちに来ない。行くところがないのでしょう」

「そんな、ご迷惑はかけられませぬ」

「それじゃどうするの？」

履き物もないし、小袖一枚ではこの冬空の下で一夜は過ごせないのではないかと言うと、友助はうなだれた。

「うちには男二人がいます。もし、事情を話してくれたら力になれるかもしれない」

「…………」

友助は目をしばたたいて、千草をまっすぐ見た。その顔には戸惑いがあった。

二

沢村伝次郎は居候の与茂七とゆっくり晩酌を楽しんでいた。

風が出てきたらしく、雨戸をカタカタと揺らしている。犬の遠吠えが聞こえて、目の前の火鉢の炭がぱちっと爆ぜた。

二人は茶の間で丸火鉢を挟んで向かい合っていた。

「おかみさん、今夜は遅いですね」

与茂七がぐい呑みの酒に口をつけてつぶやく。

「忙しいのだろう」

「寒くなったんで、こんな夜は酒が進みますからね」

伝次郎はちらりと与茂七を見て、

「そろそろ終わりにしろ。おまえは黙っていると、いくらでも飲むやつだ」

と、注意した。

「今夜は控えているほうです」

与茂七はそう言って肴(さかな)の鯣(するめ)を口に運び、

「このところ、お奉行からのお呼び出しはありませんね」

と、言葉を足した。

「呼び出しがないのはよいことだ」

伝次郎は五徳(ごとく)の上の鉄瓶を取って茶を淹(い)れた。

「暇でもお役料(やくりょう)はいただけるのですから、やっぱり旦那はよいご身分です」

「そう思うか……」

伝次郎は南町奉行所の内与力である。とはいっても奉行の筒井伊賀守政憲が私的に雇った「隠密」と言ったほうがよいだろう。

内与力というのは建前で、扱いは〝内与力並み〟である。内与力は奉行腹心の家来なので、奉行が異動になればいっしょに奉行所を去ることになる。よって、伝次郎は筒井政憲が奉行でいる間だけの雇われ与力と言ってよい。

正式な内与力は他の与力同様に禄米が支給されるが、伝次郎の手当や禄は筒井の余禄で賄われている。要するに特別扱いをされているのだが、筒井の右腕となりそれに見合うはたらきをしている。また、命令も筒井本人から出される。

「大変なお役目だというのはわかってますが、やっぱり旦那の腕と才覚を見込まれてのことですからね。おれはその旦那に仕えてよかったと常々思ってんです。ですが、お奉行が御番所を去られたらどうなるんです？」

「御役御免だ」

伝次郎があっさり答えると、与茂七はあっけにとられたようにぽかんと口を開けた。

「お奉行についていくわけにはいかぬし、お奉行とておれを連れていこうと考えてはいらっしゃらぬだろう」

「そうなったらどうするんです？」

伝次郎は茶を飲んで、火鉢の炭を眺めた。

与茂七に聞かれるまでもなく、筒井奉行異動後のことはときどき考えている。以前は船頭仕事に戻ってもよいと思っていたが、おのれの歳のことを考えると、そう長くできないことはわかっている。

ならばどうするかと、あれこれ思案はするが、これだというものはまだ決められずにいる。それより、与茂七の身の振り方を考えてやらなければならない。

当人は船頭をやってもよいと言っているが、まだ若いので他にも身の振り方はあるはずだ。

「さあ、どうするかな。隠居するには早いし、かといって千草の世話になるわけにもいかぬ」

「旦那のことでしたら、お奉行が考えてくださるでしょう。そのまま御番所勤めってことになるんじゃないですか。そうなったら、おれは旦那の下でまたはたらかせてもらいますよ」

与茂七は嬉しそうな顔を向けてくる。もうそうだと決めつけている口ぶりだ。

「お奉行が勧めてくださったとしても、おれは御番所に留まるつもりはない」

「へっ……まことに……」

「御番所仕事はこれで終わりだ。つぎは他のことを考える。かといって、なにをやるかまだはっきり決めてはおらぬが……」

伝次郎は火鉢の炭を整え、そろそろ千草が帰ってくるだろうから炭を少し足した。

「船頭仕事は考えていないんですか?」

「うむ。おそらくやらぬだろう。与茂七、おまえがやるか……」

伝次郎は与茂七をまっすぐ見た。

「舟がありませんよ」

「おれのを譲ってもよい。船宿ではたらくのもよいだろう。その気があるなら紹介できるところはある」

伝次郎は言いながら、船宿「川政」の主・政五郎を脳裏に浮かべた。深川にいる頃世話になった骨のある男で、なんとはなしに馬が合った。

伝次郎の頼みなら与茂七を受け入れてくれるはずだ。それに与茂七も猪牙舟をうまく操れるようになっている。船頭仕事をしても支障はないはずだ。

「できることなら、おれは旦那といっしょの仕事をしたいんですけどね。だめですかね」

伝次郎はふっと口の端をゆるめ、

「まあ、今日明日のことではない。ゆっくり考えることだ」

と、言ったときに玄関の戸が開く音がして、

「ただいま帰りました」

千草の声が聞こえてきた。

「お帰りです」

与茂七がさっと立ちあがって玄関に向かった。

三

友助は玄関にあらわれた男ににらまれ、うつむいた。

「そやつは？」

男が聞いた。

「与茂七、わけはあとで話すわ。濯ぎを持ってきてくれない」

千草が男に命じて、「さ、そこに座って」と上がり口を促した。友助は素直に腰を下ろした。素足が血の気をなくし冷えきっている。

千草は店に余分の草履と下駄があったはずだと言って探してくれたが、友助には小さすぎたので、素足のままついてきたのだった。だが、これでよかったのだろうかという戸惑いがある。

一難は去ったが、屋敷の者たちは自分を捜すのをあきらめていないはずだ。そのことがあるので、友助の心は萎縮していた。それに、助けを求めた千草の家までついてきた。遠慮はあったが、千草の勧めを断り切れなかった。

おそらくこの人は自分の味方になってくれるという甘い心もあるが、疲れて冷えた身体を温められる場所がほしいという思いが強かった。

与茂七という男が濯ぎを持ってくると、友助は足を洗い、乾いた雑巾で拭いて座敷にあがった。きれいに整理整頓された座敷だった。長火鉢に火が入っているので暖かい。

ふっと、安堵の吐息をつき、きちんと正座をした。

「ご面倒をおかけいたします」

「いいのよ、気にしなくて」

千草はそう言って「あなた、ちょっとご相談が……」と、茶の間のほうに声をかけた。

友助は緊張の面持ちで畏まった。すぐに千草の夫があらわれた。正視できずに、ご厄介になりますと、頭を下げる。

「いかがしたのだ？」

夫が怪訝そうな顔で千草を見て、友助の前に座った。そばにある火鉢の火が心地よいが、友助は気を抜いてはならぬと自分を戒めていた。千草の言葉に甘えて、ここまでついてきたはいいが、話次第では屋敷に連れ戻されるか、屋敷に告げられるかもしれない。

（ついてこないほうがよかったかも……）

わずかな後悔の念が生まれた。

千草は友助を連れてきた経緯を簡略に夫に話をした。

「ふむ、どういうことかわからぬが、赤星友助と申すのだな」

友助はわずかに顔をあげて相手を見た。年の頃は四十半ばだろうか。鼻梁(びりょう)が高く精悍(せいかん)な顔つきで、人の心の奥底を見通すような目で見てくる。だが、威圧感はなくどことなく人を包み込む雰囲気を醸(かも)している。

「はい」

「わたしは沢村伝次郎と言う。そこにいるのはこの家の居候で……」

「与茂七だ」

さっきの男が自分で名乗って、そばに腰を下ろした。

「ご迷惑をおかけいたします」

友助は頭を下げた。

「命を狙われているそうだが、いったいどういうことだね？」

伝次郎はそう言ってから、寒さにふるえている友助を気遣い、与茂七に褞袍(どてら)を持ってこいと命じた。

「それは……」

友助は口籠(ご)もった。話していいものかどうかわからない。それに目の前の伝次郎という男はあきらかに武士である。幕臣なら滅多なことは言えない。

「話してくれぬか。命を狙われるというのは尋常なことではない。なにゆえ、さようなことになった？」

与茂七が戻ってきて、友助に褞袍を羽織るように言った。友助は申しわけないと言って褞袍を羽織った。寒さがやわらいだ。

「そなたを追っているのは何者だ？」

「……申しわけありません。それを話せば、わたしは……」

「なんだね？」

友助はかぶりを振った。いっそのこと詳しい話をしようかと思うが、伝次郎という相手のことがよくわからない。もし、武田家のことを知っているなら自分はここで押さえられ、屋敷に連れ戻されるかもしれない。もし、そうなったら、そのときこそ自分の命はないだろう。

「口にできぬ深いわけがあるということか……。腹は空いておらぬか？」

友助は、はっとなって伝次郎を見た。

「そんな顔をしておる。熱い茶漬けでも食えば少しは気分がよくなるはずだ。千草、作ってやれ」

伝次郎が命じると、千草が「はい」と、心得顔で台所に消えた。

「まあ、楽にしなさい。名前は赤星友助というのだったな。歳はいくつだね？」

「十六です」

「住まいはどこだね？」

「……いまはありません」

どう答えてよいかわからなかった。愛宕下と言ってもよかったが、もはやあの屋敷に戻るつもりはない。よって行く場所はない。

「ないというのは……困ったものだね」

「それじゃ、いままでどこに住んでいたんだい？」

横に座っている与茂七が問いかけてきた。

「芝（しば）のほうです」

「芝のどの辺だい？」

矢継ぎ早に問いかけられると戸惑ってしまう。うっかりほんとうのことを話してしまいそうになるが、すんでのところで堪（こら）えて考えをめぐらした。

だが、「愛宕下です」と、口が滑った。言った矢先にまずいと思ったが手遅れだ。唇を嚙んで、おのれの失敗を悔いた。

「愛宕下なら大名家や旗本の屋敷地だな。すると、どこかの大名家のご家来か」

問いかけてくる与茂七は、友助から視線を逸らさない。そばにいる伝次郎も同じだ。

「そうではありません」

友助が答えたときに、千草が丸盆にのせた茶漬けを運んできた。

「遠慮せず食べなさい」

伝次郎に勧められ、友助は短く躊躇ってから箸を取った。丼から立ち昇る湯気が頰を包み、生きているのだという実感がわいた。なぜか胸が熱くなり、茶漬けをすすり込むうちに涙が出そうになった。いっそのこと泣いたほうが楽だが、必死に堪えた。

「命を狙われ、助けを求めて千草の店に飛び込んだほどだ。さぞや疲れているだろう。今夜は安心してゆっくり休むとよい」

伝次郎が言って、与茂七に奥の座敷に夜具をのべるように指図した。

「申しわけございません」

友助が頭を下げると、

「話は明日にでもゆっくり聞かせてもらう」

と、伝次郎が言って立ちあがった。

四

なんと暖かい布団だろう。夜具に横たわった友助は幸せな気分に浸った。湿っぽい地面と凍える寒さの納屋にいたときに比べれば極楽である。いまとなってはそのことが嘘のように思えるが、決して忘れることはできない。

もし、蔵のなかに閉じ込められていたら、自分は逃げることができなかった。納屋に監禁されたのは幸いだったかもしれない。それは、若殿の一言だった。

「大事な米蔵を汚されたらいかがする。納屋でよい。納屋に入れておけ」

うしろ手に縛られ、若党(わかとう)に首根っこを押さえられながら、放り込まれたのは二日前の朝だった。馬小屋の隣で、馬の糞(ふん)と小便の臭いがきつかった。

それより寒さが応えた。手足の指は血の気をなくし、隙間から吹き込んでくる寒風に身体をふるえさせじっと耐えなければならなかった。

「きさまはなにも見ておらぬ。なにも聞いておらぬ。そうなのだ。そうでございますと言わぬか！」

納屋のなかで何度も打擲された。若殿の振るう笞は容赦なく肩や背中や尻を痛めつけた。血がにじみ、皮膚が裂けた。歯を食いしばって痛みに耐えながら、

「わたしは知っているのです」

と、抗った。

「ええい、このたわけッ！」

笞がうなりをあげるたびに、痛みが全身を貫いた。気を失って、はっと正気を取り戻すと、氷のような冷たい地面から這い上ってくる寒気に、身体をふるわせて耐えた。歯の根が合わず、歯ががちがちと鳴った。

このままでは凍え死んでしまう。なにも知らない。なにも見ていなければ、なにも聞いていないと言えばすむことなのに、友助は嘘をついて若殿の意に服することができなかった。

（若殿は殺したのだ。お藤さんは病気で死んだのではない。若殿に殺されたのだ）

お藤はいつも友助にやさしかった。思いやってくれ、こっそりおやつ時の饅頭や煎餅を分け与えてくれた。怪我をしたときには膏薬を持ってきて塗ってもくれた。そんなお藤を友助はじつの姉のように、心のなかで慕っていた。そんなお藤が若殿に手込めにされて殺されたのだ。

（嘘はつけない。いやだ、嘘は言えない）

だから、友助はひどい仕打ちを受けることになった。笞で打たれたのは一度だけではなかった。日に何度も若殿がやってきて、説得にかかった。

「なにも知らぬと、その口を塞いでおくと約束してくれるなら、いますぐここから出してやる。そのほうが楽だろう。お藤は風邪をこじらせて死んだのだ。それでなにもかもすむのだ。きさまが余計なことを言うからこうなるのだ」

若殿は気力と体力を失いかけている友助の顎をつかんで、仁王のような目でにらみつけた。友助は虚ろな目でその若殿の目を見返した。

「嘘はつけませぬ」

いきなり引き倒され、腹を蹴られ、うずくまった。扉が閉められ、表から声が聞こえてきた。

「放っておけ。この寒さだ。身体が弱っていずれくたばるだろう」

若殿はそう言って納屋を離れていった。

自分は死ぬんだと思った。死ぬのは怖かったが、逃げることができない。観念して若殿の言うとおりにすれば生きていられる。今度若殿が来たら、謝ってなにも知らないと言おうと考えた。そうしたほうが身のためだと、ようやくあきらめがついた。

「これを食え。水もある」

それは、昨日の夕刻だった。にぎり飯と水を持ってきたのは、福田祐之進という中小姓だった。

「おぬしはこのままでは死んでしまう。わたしは閂をかけずに出るから、その間に逃げるのだ」

友助が頬張ったにぎり飯を水で流し込んでいると、祐之進が声をひそめて言った。

友助はそんなことをしたら祐之進がひどい目にあうと言ったが、

「わたしのことは心配いらぬ。暗くなったら逃げろ」

祐之進はそう言って納屋を出て行った。

風が雨戸をたたいていた。

友助は目を開けて暗い天井を眺めた。いつしか眠っていたようだ。一瞬、ここは武田家の屋敷だと錯覚したが、そうではなかったと気づく。

（明日はこの家を出なければならない）

そう自分に言い聞かせたとき、帰る家があることを思いだした。

そうなのだ。すっかり忘れていた。追われて気が動顚（どうてん）していたせいで、生家のことを思いだせなかった。

（自分には帰る家がある。あったのだ！）

友助はかっと目を見開き、記憶の彼方（かなた）にある両親を思いだした。しかし、顔をよく思いだせない。

覚えているのは、見知らぬ人がやってきて自分を舟に乗せて連れ去るときの情景だ。夏だったのか冬だったのか、それは覚えていないが、母親は舟着場までついてきた。

友助は自分がどこへ連れて行かれるのか、それはわからなかったが、養子に出されるというのは知っていた。

母は舟着場の土手に立ち、友助を乗せた猪牙舟を見送っていた。友助は母を恨んだ。自分を見捨てた父親を恨んだ。

だけど、母親の姿が遠ざかるにつれ、一気に悲しみが胸の底から湧きあがった。

「おっかぁ！　おっかぁ！　おっかぁ！」

友助は舟縁にしがみついて泣きじゃくった。母親は土手道を走って追いかけてきた。

「友助、友助ー！　友助ー……」

母親は悲痛な声で呼びかけてきた。だが、それも舟が流れにのって勢いを増すと、声は届かなくなり、やがて母親の姿も見えなくなった。

じじっと、枕許の行灯の芯が鳴り、ぽっと灯りが消えたことで友助は我に返った。

部屋が暗闇に包まれた。それでもしばらくすると目が闇に慣れ、なんとなく部屋のなかの様子を見られるようになった。

(明日は実家に帰ればよいのだ。両親に会える)

そう思うと気持ちが高揚してきた。武田家の者は誰も自分の実家のことを知らない。もっとも安全な場所は実家だ。

「母上、父上……」

声に出してつぶやくと、そうだ自分には妹がいたのだと思いだした。

「おかず……」

つぶやくが顔を思いだせない。一歳違いだったから、いまは十五のはずだ。

「おかず」

もう一度つぶやき、頰をゆるめた。

五

「あなた、ちょっと来てください」

翌朝、伝次郎が茶の間に腰を下ろしたとき、奥の座敷で寝ている友助を見に行った千草が声をかけてきた。

伝次郎が下ろしたばかりの腰をあげて、座敷に行くと、寝ている友助の額に手をあてていた千草が、

「熱があります」

と、顔を向けてきた。

「熱……」

伝次郎は枕許に行って友助の頬に手をあてた。友助はうっすらと目を開けて力なく首を振る。

「いかんな」

友助は高熱を発していた。大丈夫かと聞くと、友助は半身を起こした。だが、くらっと身体を揺らし、がっくりうなだれた。

「無理はいかぬ。横になっていなさい。寒さにやられたのだろう。さあ、横になって」

伝次郎は友助を横にならせ、布団をかけてやった。

「申しわけありません」

謝る友助の声に力はなかった。

庭で素振りをしていた与茂七がやってきて、どうしたんですと聞く。

「熱を出している。医者を呼んできてくれ」

「こんな朝早くに来てくれますかね」

「いいから呼んでこい。尋常な熱ではない」

伝次郎に言われた与茂七はそのまま家を出て行った。

「食欲はあるか？」

聞かれた友助はか弱く首を振った。熱のせいか、目がうつろだ。

「とにかく医者に診てもらう。ただの風邪かもしれぬが、こじらせたら大変だ」

「あの、厠に行きたいのですが……」

友助はそう言って身体をゆっくり起こした。

「厠はすぐそこだ」

伝次郎は縁側寄りの障子を開けてやった。友助はふらつきながら縁側に出て厠に行った。いかにもつらそうな動きだった。

「大丈夫かしら……」

千草が心配そうにつぶやく。

伝次郎は様子を見るしかないと言って茶の間に戻ったが、その直後に縁側で倒れる音がした。慌てて行くと、友助が厠の前で倒れていた。

「おい、大丈夫か。しっかりしろ」

「目眩が……」

友助はそう言って、片頬を冷たい床につけて目を閉じた。気を失ったようだ。

伝次郎は抱きかかえて夜具に運んで寝かせ、しばらく様子を見た。友助は青ざめた顔で目をつむったままだ。だが、すぐに小さな寝息を立てた。

「相当身体がまいっているのだろう。まずは医者に診てもらうしかない」

伝次郎は千草を見てうなずき、また茶の間に戻った。台所には味噌汁と炊けた飯の匂いが立ち込めていた。

伝次郎は茶を飲みながら友助のことを考えた。友助は殺される、助けてくれと言って千草の店に逃げ込んでいる。よほどのことがあったのはたしかだろうが、なにゆえ殺されるようなことになっているのかがわからない。

昨夜もそのことについて訊ねたが、友助ははっきり言わなかった。友助の無垢な瞳を見る限り、悪さをする男とは思えない。ただ、なにか深い痛みを堪えているというのが察せられた。

「落ち着いて寝ているようです」

こまめに動いて友助の額に、冷たい手拭いをあててきた千草が戻ってきた。

「店に友助を捜しに来た侍がいたらしいが、どんな侍だった？」

「どんな？　まだ若い侍でした。二十二、三ぐらいだったかしら……。もうひとり表に連れの侍がいましたけれど、その人の顔は見ていません」

「愛宕下に住んでいたと言ったな」

「そう言いましたね」

「愛宕下なら大名屋敷か旗本屋敷ということになるが……」

「行くところもないと言いますからね。先にご飯になさいますか？」

「うむ」

伝次郎がうなずいたとき、与茂七が医者を連れて戻ってきた。伝次郎は朝飯をあとまわしにして、友助の寝ている座敷に行った。

医者は迷惑そうな顔をしていたが、友助の熱を見て驚いた。

「熱が高すぎるな。どれ、胸を見せてくれ」

医者は友助の胸をはだけて触診をし、何度かたたいた。

「どこか苦しいところはないかね？」

「背中が……痛いのです」

友助はつらそうな声を漏らす。

「見せてごらん」

医者はそう言って友助をうつ伏せにさせ、寝間着をめくった。とたん、伝次郎は眉宇（びう）をひそめた。背中に無数の蚯蚓腫（みみずば）れが走っていた。一部は瘡蓋（かさぶた）ができているが、他は青黒くなっている。笞痕（むちあと）だというのがわかった。

（拷問（ごうもん）を受けたのか……）

伝次郎が内心でつぶやくと、

「こりゃあひどい。いったいどうしたのだね」

と、医者も驚きを隠せない顔をした。友助は体罰を受けたのだと言った。

「わたしに非はないのですけれど……」

「非がないのに、こんなひどいことをされるのはおかしいではないか。ま、よい。

薬を塗っておこう。傷はいずれ治る。それから熱冷ましの薬を置いていくので、それを食後に飲みなさい。二、三日は安静が必要だ。無理はいかぬ」

医者は薬を処方し、千草に再度注意を与え帰っていった。

「あいつのこと、どうするんです？」

朝餉（あさげ）にかかった与茂七が伝次郎と千草を眺めた。

「深い事情があるようだが、追い出すわけにはいかぬだろう」

伝次郎が答えれば、

「それに、行くところもないと言っているし」

と、千草も言葉を添える。

「熱が下がったところで、あらためて話を聞くしかない」

伝次郎は飯を頬張った。

「あとで粥（かゆ）を作って食べさせましょう。お薬をあげなければならないので」

千草はそう言ってから、ただの風邪ならよいのですが、と言葉を足した。

六

友助は熱にうなされながら眠ったり、目を覚ましたりを繰り返していた。朝のうちは寒気がひどく、自分の体力が熱に奪われているという感覚があったが、その日の夕刻には少し熱が引き、ふらつきながらも厠に立つことができた。

千草という奥方が粥を作ってくれたが、半分も食べられなかった。薬は苦くて飲みづらかったが、我慢して喉に流し込んだ。その薬の効果があったのか、少し身体が楽になった。

「どうだい？　少しはよくなったかい？」

与茂七が枕許にやってきて、冷たい手拭いを額にあててくれる。

「ご迷惑をおかけして申しわけありません」

「ほう、少しはしゃべれるようになったじゃないか。だけど、まだ熱は下がってねえな。今夜一晩ぐっすり寝れば明日の朝は治ってるかもしれねえよ」

友助はうなずいて、そうなることを祈った。

手桶(ておけ)と手拭いを持って与茂七が部屋を出て行くと、友助は天井を見つめた。表から目白(めじろ)や鵯(ひよどり)の声が聞こえてくる。

障子に傾いた日の光があたっており、部屋のなかはあかるかった。

この家の主は沢村伝次郎と言うが、いったい何者だろうかとぼんやりした頭で考える。幕臣なら女中や下男がいてもおかしくないが、この家にはそんな者はいない。それに、奥方は小料理屋を営んでいる。

(いったいどういうことだろうか)

浪人なのか、それとも仕官(しかん)先のない御家人(ごけにん)かと考えるが、どうもよくわからない。そんな疑問をぼんやり考えていると、また睡魔に襲われる。

ときどき咳が出るが、さほどひどくはなかった。ただ、熱のせいか倦怠(けんたい)感があり、身体に力が入らない。与茂七に言われたように明日の朝熱が下がっていればよいと思うだけだ。

本復(ほんぷく)したら生家に帰らなければならない。両親や妹がいるかどうかわからないが、とにかく行ってみるしかない。

「えい、やッ。えい、やッ……」

庭からかけ声が聞こえてきた。与茂七の声だとわかる。昼前にも同じ声を聞いた。剣術の稽古をしているのだとわかる。

「腰の据わりが悪い。だからふらつくのだ。もう一度」

今度は伝次郎の声だった。どうやら稽古をつけているようだ。

そんなやり取りを聞いているうちにまた友助は眠りに落ちた。

つぎに目を覚ましたときには、部屋は暗くなっていた。ぼんやりした目で天井を眺めながら、生家のことや武田家のことに思いをめぐらした。

自分は追われているが、ここにいるかぎり安全だ。それにこの家の人は誰もが親切である。自分のために医者を呼んでもくれた。額の手拭いをこまめに替えてくれ、厠に立つときも気遣ってくれる。

がらっと障子が開き、与茂七が入ってきた。

「暗いな。いま行灯をつけてやる」

与茂七がそう言って行灯をつけた。部屋のなかがぽっと明るくなった。

「どうだい？　少しはよくなったかい？」

与茂七が枕許に座って聞いてくる。

「朝より、楽になりました」

「そうだな。熱も少し下がったようだ」

与茂七は友助の額に手をあてて、飯は食えそうかと聞く。

「なにか食べたくなりました。腹が空いています」

「食欲が出てきたってことはいいことだ。待ってろ。いま飯を持ってくるから。飯を食ったら薬を飲むんだ」

「ありがとうございます。あの、奥様は？」

さっきから千草という奥方の気配を感じられないので聞いたのだった。

「仕事に行ったよ。おまえさんが昨夜飛び込んだ店だ」

「旦那様はどんなお仕事をされているんです？」

与茂七は少し思案顔になってから答えた。

「それはおまえさんの身体がよくなってから教えてやるよ。だけど、しゃべれるようになったじゃないか」

「みなさんのご親切のおかげです」

「困ったときはお互い様だ。それにおまえさんは熱を出してぶっ倒れてたんだ。放っておくわけにはいかねえだろう」

与茂七はそのまま部屋を出て行った。友助は胸を熱くしていた。我知らず目頭が熱くなり、涙が頬をつたった。

「ありがとうございます」

拝むように胸の上で手を合わせてつぶやいた。

友助はなにもかも正直に話そうと思った。こんな親切を受けて隠しておくことはできない。でも、それでほんとうにいいのだろうかと、一抹の不安もある。

熱が下がり、本復したとしても、なにも打ち明けずに去ったほうが身のためかもしれないという思いもある。

（どうしよう）

友助は天井の一点を凝視した。また眠気に襲われてきたが、与茂七が飯を運んできた。

友助は半身を起こして箸を取った。粥を温め直しただけだったが、それも気を遣ってのことだとわかる。

「遠慮しねえで食いな」

与茂七に勧められて箸を動かした。腹は空いているはずだが、全部を平らげることはできなかった。半分食べただけで疲れて、食事が喉を通らなくなった。

「申しわけございません。もう、入りません」

「気にすることねえさ。それでも少しは食ったじゃねえか。それじゃ薬を飲むんだ」

友助は白湯（さゆ）で薬を飲んで横になった。

「すみません。いろいろとご厄介をおかけして……」

「そんなこたぁ気にしなくていいよ。明日はきっと治るよ」

与茂七はそう言って部屋を出て行った。

しばらくして茶の間のほうから伝次郎と与茂七の話し声が聞こえてきたが、なにを話し合っているのかまではわからなかった。

七

冷え込みが厳しく、亀島川（かめじまがわ）から浮かぶ霧が河岸道（かしみち）を這っていた。東の空は雲を橙色に染めていたが、いまは白くなっていた。

伝次郎と与茂七は着物の裾を尻からげして、亀島橋の袂に舫っている猪牙舟の手入れを終えたところだった。作業は舟底に沁みてたまった淦を掬いだし、乾いた襤褸切れで丹念に拭き取り、いつの間にか舷側に張りつく貝をこそげ落とすことだった。

二人でやるのでその作業は手早く終えることができたし、もう手慣れたものである。大事な猪牙舟なので、傷みは最小限にしなければならない。

「そろそろ帰るか……」

伝次郎は先に舟を降りて与茂七を振り返った。雲間から射してきた朝日が、与茂七の顔を赤く染めていた。

「友助は熱が下がったでしょうかね。昨夜は大分よくなっているようでしたけど……」

「本復しておればよいが、熱が下がったからと言って油断すればまたぶり返すかもしれぬ。今日一日は大事を取らせたほうがよかろう」

「それにしても、いったいどういうことでしょう？」

「熱が下がれば話を聞けるはずだ」

そのまま二人は河岸道に上がって、川口町の自宅に戻った。玄関を入ると、座敷に千草があらわれた。

「あなた、友助さんは大分よくなったみたいです。熱は少しありますが、話をしたがっています」

「さようか」

伝次郎は短く応じて、友助を寝かせている座敷を訪ねた。与茂七と千草もついてくる。

部屋に入ると、友助が半身を起こした。

「熱は下がったようだな。で、気分はどうだい？」

「はい、お陰様で大分よくなりました」

友助はすんだ瞳を向けてくる。昨日より顔色がよくなっているし、生気もある。

「無理はしなくてよいから横になっていなさい」

「いえ、このままで大丈夫です」

友助が言うそばから、千草が褞袍を掛けてやった。友助はすみませんと礼を言ってから言葉をついだ。

「いろいろとご迷惑をおかけして申しわけございません。お陰様で助かりました」

「少し話す気になったか？」

伝次郎は友助をまっすぐ見る。

「それで沢村様はお武家でしょうが、仕官されていらっしゃるのでしょうか？」

「なぜ、そんなことを訊ねる？」

「もし、幕臣なら滅多に言えることではないからです。そうは申しましても、手厚い親切を受けて、なにもかも隠してはおけません。わたしは愛宕下薬師小路にある武田雄之助様のお屋敷で侍奉公をしていました」

「武田雄之助様……」

伝次郎は眉宇をひそめた。

「寄合旗本です」

すると非職ではあるが、禄高三千石以上の旗本なのか。伝次郎からすれば雲の上の存在である。

「そうであったか。すると武田家でなにかことを起こしでもしたか？」

「いいえ、わたしはなにもしておりません。ただ……」

「なんだ？」

友助は一度視線を逸らしてから口を開いた。

「沢村様は旗本ではありませんよね」

「この家のことを見れば、旗本かそうでないかはわかるはずだ」

「旦那は南御番所に抱えられている内与力だ。お奉行直々(じきじき)のご家来である」

与茂七が言葉を添えた。いらぬことをと伝次郎は思ったが、黙っていた。

「さようでしたか」

つぶやいた友助はしばし躊躇(ためら)いを見せた。口を引き結び視線を彷徨(さまよ)わせた。熱が引いたせいか、昨日より目に力がある。

「どうした？　話があるのではないか」

「はい。こんな親切を受けて誤魔化(ごまか)すことはできません。されど、このことしばらく口外されては困ります」

「それは話次第であろうが、他言(たごん)する気はない。いったいなにがあったのだ？　背中には笞でたたかれた痕があったが、粗相(そそう)でもやらかして仕打ちを受けたのか？」

「お仕置きを受けました。身勝手な拷問と言ったほうが正しいと思います」

伝次郎は片眉をひくっと動かした。朝日が障子にあたり部屋のなかが明るくなった。

「わたしは武田雄之助様のお屋敷に年季奉公で雇われ、一年半ほどたちます。その大殿様は穏やかで人柄のよいお方で、半ば隠居されている恰好で、同じ屋敷内にある離れにお住まいです」

「大殿様と言ったが、若殿様がいるってことかい？」

与茂七が口を挟んだ。

「はい、大殿様のご長男で勝蔵様とおっしゃり、書院番組頭を務められています」

書院番と聞いただけで、伝次郎はわずかに目をみはった。小姓組と並んで両番と呼び、組頭は若年寄の支配で千石高の大身旗本である。

「わたしは若殿様の非道を知ったのです」

伝次郎は声もなく目をみはった。友助はつづける。

「屋敷にはご用人以下、女中を含めた奉公人が三十人近く詰めています。若殿様の非道は、お藤という女中を手込めにしたことです。それだけなら、わたしは黙っていたかもしれません。ですが、若殿はそのお藤を殺したのです。挙げ句、お藤は病で急死したことにされ、遺体を荼毘に付し、遺骨は実家に戻されました」

「そなたはそのお藤という女中が殺されるのを見ていたのか？」

「たしかに見たわけではありません。ですが、わたしはすぐそばにいたのです」

友助はそう言って、そのときのことを仔細に話しはじめた。

八

武田家の敷地は千三百坪ほどあり、母屋の他に大殿様と呼ばれる雄之助の住む離れの他に、平長屋・米蔵・納屋・馬小屋、そして池泉をめぐらした庭がある。家士の中小姓と若党は、毎晩交替で見廻りをすることになっている。見廻りと言っても、さほど時間のかかることではない。

その夜、庭を見廻った友助は母屋に戻り、廊下を見廻った。母屋は約三百坪あり、部屋数は二十二、他にも物置や土蔵が設けられている。

回廊式の廊下には常夜灯が点り、寝静まった屋敷内は静かである。手燭を持って見廻る友助は足音を忍ばせて廊下を歩いていた。

と、母屋奥の部屋の前に来たとき、女のすすり泣くような声が聞こえてきた。その部屋は六畳の座敷で、隣は普段使われない空き座敷になっていた。

友助が不審に思って足を止めると、男の声が聞こえてきた。低く抑えた威圧する声だった。

「お藤、抗うでない。悪いようにはせぬ」

友助ははっとなった。声は紛れもなく若殿様、つまり武田家の惣領息子、勝蔵のものだった。そして、女はお藤。

「やめてください。お願いです。やめ……ううっ……」

お藤の声が呻きに変わった。廊下にいる友助は心の臓をどきどきと高鳴らせた。

「いっときの辛抱だ。それ……」

「ああ……やめて……く、苦しい……ううっ……」

友助は耳を塞ぎたくなった。お藤は二十二歳の器量のよい女中で、年下の友助とも親しく話をしていた。じつは友助はひそかにお藤に心を寄せていたし、お藤も友助に好意的に接していた。

若殿がお藤を手込めにしている。お藤は嫌がっている。それなのに。友助はその場にいることができなかった。そっと足音を忍ばせてきびすを返したが、いつまでも苦しそうなお藤のうめき声が頭に残っていた。

翌朝、友助はどんな顔をしてお藤に会えばいいのだろうか。いつものように気さくに挨拶ができるだろうかとひとり気を揉んでいた。また、若殿をどんな目で見ればよいのだろうかと思い悩んだ。

しかし、お藤に会うことはなかった。他の奉公人から、お藤が死んだと知らされたのだ。

「えっ……」

金槌で頭を殴られたような衝撃があった。

「どういうことです？」

教えてくれた奉公人は、友助と同じ若党で岸本金次郎という男だった。

「昨夜、勝手に奥座敷に行って自害したそうだ。されど、自害などということは外聞が悪いので病死ということになるらしい」

「病死……」

友助はそれは違うと思った。お藤は殺されたのだ。だが、そのことは口にできなかった。

その日、お藤の死体を見ることも、勝蔵に会うこともなかった。ただ、屋敷内は普段以上に騒々しくなっていた。女中たちはお藤の死を悼(いた)み涙したり、どうして死んだりしたのだろうかと話し合っていた。

中小姓や若党らもお藤のことを噂しあった。よくはたらく女だったとか、器量がよく気立てがよかったのに、なんの悩みを抱えていたのだろうかといったようなことだった。

友助はそんな噂話を、魂が抜けたような顔で聞いていた。真実を知っているのは自分だけだ。だけど、それを口にすることはできない。それでも友助の心の底には、若殿の武田勝蔵に対する憎しみが湧いていた。

お藤は自害したのではない。若殿に殺されたのだ！

友助の鬱屈(うっくつ)した気持ちとは裏腹に、お藤は寺で荼毘(だび)に付され、遺骨は実家の堀切(ほりきり)村に届けられた。

それで、武田家は普段どおりの暮らしに戻り、お藤のことも次第に話に出なくなった。

だが、友助の心にはわだかまりがあった。それは若殿の武田勝蔵に対するもので、日増しにその思いは強くなった。勝蔵を見る目も以前とは違い、我知らず敵意に満ちた目で見るようになった。

そんな友助に気づいた勝蔵に呼ばれたのは、お藤の〝始末〟がすべて終わった五日後のことだった。

奥座敷にある勝蔵の部屋に友助が呼ばれるのは異例のことだった。友助は緊張の面持ちで勝蔵の部屋を訪ねた。

「お呼び立てに与(あずか)り罷(まか)り越しました」

慇懃(いんぎん)に頭を下げると、そばに来いと言われた。勝蔵は常になく厳しい目で友助をにらむように見た。

「おぬし、様子がおかしいな。なにかおれに申したいことでもあるのではないか」

直接に訊ねられた友助は、挑むような目を勝蔵に向けた。

「おれを見る目が以前と違う。どうにも気になるのだ。おれがなにか気に食わぬことでもしたか。遠慮はいらぬ。思うことがあれば、忌憚(きたん)なく話せ」

友助は逡巡した。あの夜のことを話すべきかどうか。話したらどうなるかをめまぐるしく考えた。しかし、勝蔵への憎しみが勝った。

「お藤は病死でも自害したのでもありません」

勝蔵は眉宇をひそめ、強い目で友助を直視した。友助は勇をふるった。

「お藤は、若殿様に殺されたのです」

「なにを……」

勝蔵は鬼の形相になった。

「わたしはあの夜、屋敷見廻りの当番でした。そして奥座敷の前に行ったときに、いやがるお藤を……若殿様が……」

「たわけたことをぬかしおる。きさま、なにを言っているのか、おのれでわかっておるのか？」

「お藤を殺したのは若殿様です。わたしは知っているのです」

「きさま、乱心しおったか」

「わたしは聞いたのです。嫌がるお藤をあの奥座敷で若殿様が……」

「黙りおれッ！」

「若殿様は烈火のごとく顔を赤く染められ、そのままわたしに組みついてこられ……」

友助はそこで大きく息を吸い込んでため息をついた。話し疲れたのか、友助の顔色が悪くなっていた。

「そのことでそなたは納屋に放り込まれ、笞で打たれた」

伝次郎はつぶやくような声を漏らした。

「おまえはなにも聞いていない、なにも知らない、なにも見ていない。そんなことを言われながら打たれつづけました。わたしは屈してはならぬと思い、若殿様を罵りました。するとさらに打たれました。乱心者だと罵られ、武田家に泥を塗る不届き者だと……」

友助はそこで声を詰まらせ、嗚咽した。すんだ瞳から大粒の涙が頬をつたった。

「悔しかったのです。悔しゅうて、悔しゅうて……」

伝次郎はこの先の話はあとにしようと思った。友助は疲れている。また熱がぶりかえしたら可哀想でもある。

「友助、よく話してくれた。無理はいかぬ。横になって休め」

伝次郎が勧めると、与茂七が気を利かせ、「さあ、横になれ」と言って、友助を夜具に寝かせた。

「ご迷惑をおかけします。ご迷惑を……」

横になった友助は、伝次郎たちに涙ながらに謝り布団で顔を覆(おお)った。

第二章　若殿の焦燥（しょうそう）

一

「あなた、どうするのです？」

伝次郎が茶の間に腰を据えると、千草が聞いてきた。

「どうにもならぬ」

伝次郎は渋い顔で茶を口に運んだ。

「どうにもならぬとおっしゃっても、友助さんに非はないではございませんか。もし、武田家のご家来に見つかればどうなると思います」

千草は気が気でないという顔で膝をすって近づく。

「そうです。友助は悪くありません。悪いのは自分の罪を隠している若殿ではありませんか。おれは許せねえな」

与茂七は憤慨をあらわにした。

「友助の話を信用すればさようなことになる」

「え、旦那は友助の話を疑っているんですか？　そりゃあないでしょう。あれは嘘をつくような男ではありませんよ。おれは正直に話したと思いますけどね」

「そうよ。さっきの話が嘘なら、わたしたちは騙されていることになりますけど、そんなことは考えられません」

「相手は直参旗本、しかも書院番組頭。御番所が手を出せる相手ではない」

「そんなこと言ったって……」

与茂七が不服そうに頰をふくらます。

「旗本の調べは目付の仕事だ。それに、友助は若殿がお藤という女中を殺した場を見ていない。手込めにされたお藤はほんとうに自害したのかもしれぬ。そうであれば、目付とて手も足も出せぬことになる。友助の証言だけでは、若殿の罪を問うことはできぬ」

「友助さんは見ているかもしれません」

千草だった。

「いいや、そんなことは言わなかった。あれは声を聞いて、いたたまれなくなってきびすを返したと話した」

「まあ、そんな話でしたが……」

与茂七は消沈(しょうちん)したように声を低めた。

「でも、放っておけば友助さんはどうなるのです？　武田家のご家来に見つけられたら、ただではすまないのではありませんか……」

千草はまばたきもせずに伝次郎を見る。

「熱がすっかり引いて、元の身体に戻ったら逃がしてやるか……」

伝次郎は言っておきながら、気休めだと気づいていた。

「どこへ逃がすとおっしゃるんです？」

「実家だろうが……そこにも手がまわっておれば厄介だな」

伝次郎は腕を組んで言葉を足した。

「ともあれ、まずは友助の身体がすっかりよくなることだ。また、落ち着いたところでじっくり話を聞こう。与茂七」

「へい」

「ちょいと出かける。付き合え」

「どちらへ行かれるのです？」

千草が聞いてきた。

「思うことがあるだけだ」

伝次郎は立ちあがると、自室に行って着替えにかかった。

与茂七を連れて家を出たのはすぐだ。

「旦那、どこへ行くんです？」

「薬師小路だ」

「武田家の屋敷に」

驚いたように目を輝かせる与茂七に、伝次郎は顎を引いてうなずいた。

二人は亀島橋をわたって八丁堀に入ると、町奉行所の与力・同心の住まう拝領屋敷地を抜け、弾正橋、白魚橋とわたり、新両替町で通町（東海道）に出た。

町には師走の忙しさが感じられた。掛け取りに走る商家の手代らしき男を何人も見る。年内に仕事を終えようとしている大工らが、材木を運んだり切ったりしながら、新築家屋を建てている。

さすがにお上(のぼ)りさんらしき旅人の姿は少ないが、非番らしき勤番侍(きんばんざむらい)の姿は多く見られた。

伝次郎は黙々と歩く。いろんなことを考えなければならないが、さてどうしたらよいものか。これといった名案は浮かばない。

おしゃべりの与茂七もめずらしく黙っている。その与茂七が口を開いたのは、芝(しば)口(ぐち)橋をわたったところだった。

「旦那、友助を逃がすとおっしゃいましたが、どこへ逃がすつもりです」

「それはわからぬ」

「もし、武田家の家来に見つかったらどうなるんでしょう？」

「それもわからぬ」

「乱心し主に盾突(たてつ)き、斬りかかってきたから成敗(せいばい)したということになれば、罪は問われないですね」

伝次郎は答えなかった。

「お藤って女中が死体で見つかったのは、友助が夜廻りをした翌(あく)る朝ですよね。誰が見つけたんでしょう。自害したことになっていますが、どうやって死んだんでしょう。首を吊ったとか、短刀で喉を突いたとか……」

「さあ、それもわからぬことだ。友助に聞くしかない」

与茂七はひょいと首をすくめた。

芝口三丁目から右に折れ武家地に入った。このあたり一帯は大名屋敷と旗本屋敷がほとんどだ。大きな屋敷なら一万坪はゆうにある。小さな屋敷でも軽く五百坪以上だ。

稲荷小路から大名小路に入り、しばらく行ったところで右に折れた。そこが薬師小路だった。屋敷の長塀(ながべい)がつづき、途切れたと思ったら、またすぐに長塀になる。塀の上にのぞく冬枯れの木があれば、青々とした葉をつけている常緑の松や杉もある。

人通りの極端に少ない閑静な場所で、目白(めじろ)のさえずりや甲高(かんだか)い鵯(ひよどり)の声が、屋敷内から聞こえてくる。

表札の類(たぐ)いはないので、どこが武田家なのかわからない。それにしてもどの屋敷も立派な長屋門である。与茂七が気を利かせて辻番に走り、聞いてきた。

「ここがそうか……」

伝次郎はつぶやきながら表門前を歩き去る。長塀は海鼠壁で桟瓦が塀の上にのっている。

銀杏や松、欅があり、母屋の屋根をわずかに見ることができた。表門には番人は立っておらず、鉄鋲を打った重厚そうな門扉は固く閉じられていた。

「立派な屋敷ですね。そして、この屋敷のなかで殺しが……」

「口をつぐめ。場所をわきまえるのだ」

伝次郎は与茂七を窘めてから、

「帰る」

と言って、足を速めた。

二

武田勝蔵は自分の書院に家士の六人を集めたところだった。

「もう何日たつと思うておる」

勝蔵の一言に集まった六人は黙り込んだ。中小姓三人と若党三人だった。いずれも若い家来で二十歳前だ。

「友助はおれのことを人殺しだと勝手に決めつけている。何度も申すが、それは根も葉もないことだ。あやつは乱心しておる。そうとしか考えられぬ。されど、このまま放っておいたら武田家に傷がつくばかりか、おれは目付の調べを受けることになるやもしれぬ。それはなにがなんでも避けねばならぬ。草の根分けてでも捜し出して連れてくるのだ」

「はは」

六人は揃って頭を下げた。

「どこへ逃げているか見当はつかぬか？」

勝蔵は六人の家来を眺める。六人は互いの顔を見合わせ、首をかしげた。

勝蔵はちっと内心で舌打ちし、脇息に置いた手の指を落ち着きなく動かした。

「この屋敷に来る前にやつが住んでいた長屋はどうなっておる？」

「友助はこの屋敷に来る前に長屋を払っています」

答えたのは鈴木勘之助（すずきかんのすけ）という中小姓だった。

「友助とつながりのあるものはその長屋にはおらぬのだな」

「聞き調べをしたかぎりいません」

「あやつの友達のことはわかっておらぬか？　親戚もあるはずだ。そつらのことはどうなっておる」

「なかなか調べが難しゅうございます」

言ったのは、高木広右衛門（たかぎひろえもん）という中小姓だった。勝蔵はかっと頭に血をのぼらせた。色白の顔が紅潮し、目をぎらつかせた。

「難しいとはどういうことだ？　怠（なま）けて調べを疎（おろそ）かにしているのではなかろうな」

「いえ、決してさようなことは……」

高木広右衛門は平伏（へいふく）した。

「とにもかくにもここにいてはなにも捗（はかど）らぬ。今日はおれも友助捜しをする。とにかく追う手掛かりを見つけるのだ。これは一刻を争う事態。心してかかれ。手をぬいたら承知せぬ。さ、行け」

勝蔵が命じると、六人は平伏したのちに書院を出て行った。

苛立っている勝蔵は、すっくと立ちあがると、足音を響かせながら廊下を歩き、玄関そばの中間部屋に行き、控えていた中村秀太郎と茂吉に顎をしゃくった。

中村秀太郎は給人で家来のなかではもっとも年上の三十三歳だった。小柄で固太りの身体つきだが、剣の腕はなまなかではない。家来に稽古をつける師範を兼ねていた。

茂吉は中間だが足軽を兼ねている男で、そこそこの剣の腕を持っていた。

玄関を出た勝蔵は急ぎ足で表門を出た。先の六人の姿はすでになかった。

「まさかこんな面倒なことになろうとは……」

ここ数日、ゆっくり眠れないし、友助の行方が気が気でない。勝蔵には不安と焦りがあった。

とにかく下手なことを友助にしゃべられたら身の破滅にもつながる。そんなことは絶対にあってはならぬし、未然に防がなければならない。

「若殿様、どちらへおいでになります？」

三歩下がって歩く秀太郎が聞いてくる。

「本所だ」

苛立っている勝蔵はつい語気を荒くする。そのせいで家来たちは萎縮する。

本所へ行くと言ったのは、友助の両親が本所に住んでいたことがわかったからである。もっともその親はすでにこの世の人でないというのも調べがついていた。

それでも友助は本所に九年余、住んでいたことがわかっていた。九年は短いようで長い。知り合いも少なくないはずだ。

逃げた友助はきっと知り合いを頼る。それは赤星家の親戚かもしれないし、本所に住んでいたときの知り合いかもしれない。いずれにしろ、そのことを知る必要がある。

(それにしても……)

と、勝蔵は歯噛みをする。おれは番方の雄である書院番組頭なのに、無様にもあんな小童に振りまわされるとは忌々しいかぎりだ。

「くそっ」

内心の苛立ちが、声になって漏れた。

「友助さん」

声があり、そっと障子が開けられて、千草が入ってきた。

友助は少し前に眠りから覚めたところだった。枕許に座った千草はやさしい面差しを向けて、具合はいかがと聞いた。

「朝より、ずっとよくなりました。熱ももうないようです」

友助は半身を起こした。だるさが抜け、身体に力が入るようになっていた。それに空腹を感じていた。

「それはよかったわ。召しあがらない」

千草は皮を剝いた蜜柑を小皿にのせていた。

「いただきます」

友助は遠慮なく手を伸ばして蜜柑の房を口に入れた。甘酸っぱい味が口中に広がった。うまい。もう一房、そしてまた一房。

「おいしゅうございます。喉が渇いていたのでなおさら甘く感じる気がいたします」

「よかったわ。お昼はちゃんといただけるかしら。朝は少し残しましたね」

「申しわけありません。せっかく作っていただいたのに。お昼は残さず食べるようにします」

「それを聞いて安心しました。もう大丈夫そうですね。でも、今日一日は大事を取って休んでいたほうがいいわ」

「はい」

友助は障子越しのやわらかな光を受ける千草を眺めた。四十近いだろうか、それともっと若いだろうか。大年増（おおどしま）には違いないだろうが、肌の艶もよいし肌理（きめ）も細かい。

すっきりとした目鼻立ちには慎み深い美しさがあるが、町奉行所の内与力の妻としての気丈（きじょう）さも感じられる。

「沢村様はお勤めに出られたのでしょうか？」

さっきからその気配がないから聞いたのだった。千草は首を振った。

「いいえ、今日もお休みです。あの方はお奉行の下知（げち）がないかぎり、御番所には行かれないのです」

「それでよいので……」

ふっと千草は笑みを浮かべた。

「与茂七は内与力だと言いましたけれど、ほんとうはそうではないのです。あの方は内与力並みの扱いで、お奉行のお指図で動くだけなのです。元々は御番所の同心だったのですけれど、いろいろあっていまに至っているのです」

詳しく教えてもらいたかったが、友助は変に詮索（せんさく）しないほうがよいと思った。

「奥様はなぜ小料理屋を……」

「おかしいでしょう。でも、わたしにもいろいろあったのですよ」

千草はそう言って、自分は貧乏御家人の娘で、武家奉公に出たあと指物師（さしものし）に嫁いだが、先立たれてひとりになり、深川で小料理屋を開いたと話した。

「あの方と知り合ったのはその頃でした。よく店に来てくださってね。それでいつの間にか、いっしょに住むようになって……だからわたしは内縁の妻というわけ」

「さようなことだったのですか」

「あの方もご新造（しんぞう）さんとお子さんを亡くされているんです」

「それはまたどうして……」

「わたしの口から詳しいことは言いにくいわ。機会があったら直接聞いてくださいな。あなた、ご実家はどこ？」

「生まれたのは千住三丁目の村ですが、そこに住んでいたのは五歳までです。じつは五歳のときに赤星三右衛門という御家人の養子になったんです。子ができなかったので、わたしはもらわれたのです」

「すると、赤星様に育てられて武田家に奉公にあがられたのかしら」

「その前に両親が亡くなったんです。父・三右衛門はわたしが十三のとき、母親はその翌年に亡くなりました。それから近所の人の世話で武家奉公に出ましたが、半季奉公でしたので武田家へ奉公替えをしました」

「ご自宅はどちら？　その赤星様の住まいということですけど……」

「本所ですが、もう家はありません」

千草は短く目をしばたたいた。

「千住のほうは？」

「わかりません。養子になったとき、生家との縁は切らなければならない約束だったので、親が生きているかどうかもわからないのです。わたしにはひとつ違いの妹がいました。じつは赤星三右衛門は、二番目の子をもらうつもりだったようですが、女子だったのでわたしが男子ということで代わりに養子になったのです」

「人っていろいろあるのですね。でも、それが人生なんでしょうね」

千草はそのまま立ちあがると、お昼には声をかけると言って出て行った。

友助は小皿に残っている蜜柑に手を伸ばした。

三

「友助の様子はどうだ？」

伝次郎は自宅屋敷に戻るなり、台所に立っていた千草に聞いた。

「大分よくなったみたいです。顔にも血色が戻っています。本人はもう起きたいようですけど、今日は大事を取ったほうがいいと言って休ませています」

「うむ、それがよいな」

伝次郎が茶の間に腰を据えると、

「実家のことや生まれのことを聞きました」

と、千草が顔を向けてきた。

「実家はどこなのだ？」

「生家は千住三丁目の村らしいのですけれど、育った家は本所らしいです。でも、いまその家はないと聞きました」

千草はそう言ってから、友助から聞いたことを話した。

伝次郎は黙って耳を傾けていた。与茂七もそばに座って千草の話を聞いていた。

「それでわたしたちのことも話しました」

千草は話し終えたあとで、

「与茂七のことは話し忘れましたけど……」

と、付け加えた。

「まあ、おれのことはどうでもいいでしょう。それじゃ、本所のその赤星家はもうないってことですか……」

「そう聞いたわ」

「千住のほうはどうなんです。生まれた家があれば、そこに帰ることはできるんじゃないですか。ねえ旦那、そうですよね」

「うむ、そうだな」

伝次郎は与茂七に応じて、千草から茶を受け取った。

「生まれた家に帰るのが一番じゃないですか。それとも、武田家は千住三丁目の村のことを知っているんでしょうか」

「そこが気になるところだが、友助のことを武田家がどこまで知っているかだ」

「友助に聞いてみましょう」

「まあ、待て」

伝次郎は尻を浮かしかけた与茂七を制し、

「聞かなければならぬことはまだある。昼にはいっしょに飯を食えそうかな」

と、千草を見た。

「さっきの様子だと、もう大丈夫だと思います」

「では、昼餉(ひるげ)のときに話をしよう」

伝次郎はそう言ったあとで、与茂七に粂吉(くめきち)を呼んでくるように言いつけた。

粂吉がやってきたのは、昼餉の支度が調(ととの)ったときだった。

友助を呼ぶと、寝間着姿でやってきた。粂吉を見て、少し驚き顔をしたが、

「話は聞きました。あっしは旦那の手先をやっている粂吉と申しやすが、大変な目にあっているようですね」

粂吉が自己紹介をすると、友助は慇懃に挨拶をした。たしかに顔色もよくなっており、熱はすっかり引いたようだ。

「与茂七、友助さんに着替えを用意しているので、それを着てもらいましょう。あなたの着物だけど、そこの座敷にあるから。友助さん、その恰好でまた風邪がぶり返すといけないわ。着替えてくださいな」

「なにからなにまでありがとう存じます」

友助はすぐに着替えにかかり、茶の間に戻ってきた。着替えた小袖は与茂七のものだが、背恰好が似ているのでぴったりだった。

「まずは飯だ」

伝次郎が先に箸をつけると、みんなはそれに倣って箸を取った。

友助は消化によい粥やおじやなどしか口にしていなかったが、やっぱりこういう飯はうまい、と頬をゆるめた。

昼餉は質素だ。おかずは野菜の煮物と沢庵。それに蜆の味噌汁。味噌汁は朝の残り物だった。

「生まれは千住三丁目の村らしいな」

半分ほど飯を食べたところで、伝次郎は友助に声をかけた。

「はい」

「それで、本所の赤星家の養子に入ったらしいが、いま、その家はどうなっているのだ？」

「知らない人が住んでいるはずです。わたしは両親が死んだあとでその家を出て、侍奉公に出ましたので……」

友助が両親というのは、養子先の親のことだ。

「侍奉公は誰の世話だった？」

「近くに住んでいる青柳惣兵衛（あおやぎそうべえ）様とおっしゃる無役（むやく）の御家人でした。いまは、仕官（しかん）されておられるかどうかわかりませんが、青柳様には可愛がっていただきました」

「武田家に奉公にあがるときもその青柳殿が……」

「いいえ、武田家は口入屋（くちいれや）の世話です」

「請人（うけにん）（保証人）は誰だね？」

「工藤仙之助（くどうせんのすけ）様です。本所の家の近くに住んでいた方ですが、わたしが奉公にあがって半年後に卒中（そっちゅう）で亡くなっています」

「その人の妻女は？」

「お元気だと思います」

工藤仙之助が死んでいるとなれば、逃げている友助の責任を負うことはないだろう。

「武田の殿様は、そなたのことをどこまで知っているだろうか？　生家のことや本所の家のことだが……」

友助は少し視線を彷徨（さまよ）わせてから、

「赤星家のことは知っていると思いますが、生まれた村のことは知らないはずです」

と、答えた。

「じつの親のことを、他の奉公人に話したことはないか？」

これにも友助は少し考えてから答えた。

「仲のよかった人に話したことがあります。二人だけですけど……。あ、殺されたお藤にも話したことがあります。あの人はわたしの生家に近い堀切村だと知ったので、そんな話が出たときに打ち明けたことがあります」

すると、友助の生家のことを武田家は知っていると考えなければならない。

生みの親の名を聞くと、父親が六助(ろくすけ)で母親はおたみと言い、ひとつ下におかずという妹がいたと話した。

「女中のお藤の死体を見つけたのは誰か、そのことはどうだね？」

「おかつという女中でした。それで騒ぎになったのです」

「そなたは死体を見たか？」

友助は首を振った。

「どんな死に方だったか、そのことは？」

「それは聞いていません」

「お藤は自害したということだが、刃物を使ったのだろうか？　それとも首を吊ったとか……」

「首を吊ったと聞いていますけれど、わたしは若殿様に首を絞められたのだと思います」

「さりながら、若殿がお藤の首を絞めるところは見ていない」

友助は短くうつむいてから顔をあげた。

「障子に映った影は見ました。若殿様がお藤の首を絞めているように見えたのです。お藤は苦しいと言って呻いて……」

「たしかには見ていないのだな」

「はっきりとは」

伝次郎はふむとうなって、残りの飯を平らげ、しばらく友助の食べっぷりを眺めた。身体はすっかりよくなったようだ。食欲もある。

「武田家のことだが、奉公人は何人ほどいる？　女中を省いた数だ」

伝次郎は友助が箸を置いたのを見て問うた。

「ご用人の他に給人のご家来が二人、中小姓が六人、わたしと同じ若党が五人、足軽を兼ねている中間が五人、その下に五人の小者がいます」

「若党のなかにそなたは入れていないな」

「はい」

「若殿様はさぞや慌ててらっしゃるだろうが、そなたを捜している者の数はわかるか？」

「いえ、それはしかとは……」

友助はわからないと言うように首を振った。

伝次郎は考えた。武田勝蔵が友助探索に使っている人数は、おそらく十人前後だろう。家来全員を探索に使うとは思えない。

「与茂七、猪牙(ちょき)の支度をしておけ」

伝次郎は腰をあげて着替えにかかることにした。

四

「おかみさん、今日は店を休むと言いましたね」

先に猪牙舟に乗った与茂七が、伝次郎を振り返った。

「ああ、それでよいだろう」

伝次郎には千草が気を利かせたというのがわかっていた。友助は病み上がりとはいえほぼ本復している。友助がおとなしくて従順な男だというのはわかったが、まだ十六歳という若さである。目を離した隙に、勝手に表に出られたらことである。

友助は追われる身の上だ。しばらく用心を怠(おこた)ってはならない。よって千草は友助の世話をしながら見張りを買って出たのだ。

「で、旦那。どこへ行くんです？」

艫に立った与茂七が聞いてくる。

「本所だ」

家を出る前に、伝次郎は友助から赤星家のあった場所を聞いていた。大横川から南割下水に入り、四つめの橋の近くだと友助は説明していた。

「旦那、与茂七から大まかな話は聞きましたが、友助は殺しの場をはっきり見ていないってことですね。それでも、友助は若殿様がお藤という女中を殺したと信じている」

与茂七が猪牙舟を出してすぐに、粂吉が顔を向けてきた。

「さようだ。そこが大事なところだが、友助を納屋に押し込め、笞で仕置きしたというのが解せぬ。お藤がまことに自害したのであれば、若殿様はそんな仕置きなどせず、友助を納得させることができたはずだ。されど、若殿様は友助の口を封じようとしている。そんなふうにしか受け取れぬ」

「お仕置きは友助が若殿様に逆らうことを言ったからではないでしょうか」

「それもあるかもしれぬが、まあ本所に行けば、なにかわかるだろう」

伝次郎は先に見えてきた霊岸（れいがん）橋に目を向けた。

冬の日差しは弱いが、さほど寒い日ではなかった。空に点々と散らばっている雲は動かないので、風も弱い。

艫に立って猪牙舟を操る与茂七の棹捌（さおさば）きは堂に入（い）ってきている。足半（あしなか）を履き、着物を尻からげして、襷（たすき）をかけていた。

（あやつ、船頭らしくなってきおった）

伝次郎は小さく口の端をゆるめた。

「友助が生まれたのは千住三丁目の村でしたね。そっちにも行ってみるべきではありませんか」

舟が永久（えいきゅう）橋をくぐり抜け大川（おおかわ）に入ったところで、粂吉が言った。

「むろん、それも考えておる」

伝次郎は友助の生家のことも聞いていた。千住三丁目の牛田（うしだ）という小さな村だったと。

じつの父親は六助、母親はおたみ。そして、一歳下の妹はおかず。だが、友助はその三人とは、赤星家の養子になってからは音信不通である。

満潮らしく大川の水は豊かだった。川は冬の日差しをはじきながら、ゆっくりうねっている。それに、夏場と違い川の色が黒い。光の加減で川の色は微妙に変化するが、季節によっても変わる。

「旦那、どこから入りますか？」

棹から櫓に切り替えた与茂七が声をかけてくる。

「おまえにまかせる」

「それじゃ、万年橋から入って大横川を上ります」

「まことに武田家の若殿様がお藤を殺していれば、どうなるんでしょう？」

粂吉が顔を向けてくる。

「目付の調べを受けて女中殺しだとわかれば、ただではすまぬだろう。軽くても謹慎蟄居は免れぬはずだ。悪くすれば、御役を解かれるかもしれぬ。潔白なら友助に仕置きなどしないはずだ。もし、女中の不審死が露見したとしても、申し開きをすればよいこと。されど、友助の受けた仕打ちを考えれば、どうもしっくりこない」

「友助の話が真実だと、旦那はお考えで……」

伝次郎はうむとうなっただけだが、初めて友助に会ったときから彼の無垢な目を見て、嘘をつくような男ではないと考えている。

だが、友助の思い違いというのも否めない。

猪牙舟は大横川を北へ上り、竪川を横切り北辻橋をくぐり抜けると、長崎橋の手前から南割下水に入った。

河岸道には近所の侍や行商人が歩いていた。みんな揃ったように綿入れを着込んでいるが、なかには股引に膝切りの着物で歩いている職人もいた。

与茂七は南割下水に入って四つめの橋をくぐったところで猪牙舟を止めた。

「旦那、このあたりのようですが……」

「まずは赤星家を探す」

伝次郎は与茂七に応じると、手早く舫いを杭に繋いで河岸道にあがった。粂吉と与茂七があとにつづく。

愛宕下の大名屋敷地と違い、このあたりには御家人や小旗本の家が多い。屋敷の広さも、ほとんどが五百坪以下だ。

「手分けして探そう。小半刻（約三十分）後にもう一度ここで落ち合う」

伝次郎は橋の北へ、与茂七は橋の南へ、粂吉は河岸道に沿って西へ向かった。

伝次郎は着流しに無紋の綿入れの羽織をつけていた。近所に住まうらしい侍に出会うと、かつてこのあたりに住んでいた赤星三右衛門を知らないかと聞いていった。

相手は首をかしげるか、ぞんざいに知らぬ名だと答えた。そのまま屋敷を眺めながら足を進め、同じような聞き込みをしたが、赤星三右衛門を知っている者はいなかった。

武士の多くの家は拝領屋敷である。役目が変われば、家移りすることも多い。それに、赤星三右衛門が死んで四年の歳月が流れている。その妻も一年後に他界している。

三右衛門がよほどの人物、あるいは功績を立てていれば、覚えている者がいてもおかしくはないが、残念ながら三右衛門は名が知れていなかったようだ。少し足を延ばして聞き込みをしたが成果はなかった。

与茂七と粂吉と会うために南割下水に戻ると、すでに二人は先に戻っていた。

「旦那、赤星三右衛門さんの家は見つかりませんでしたが、友助に侍奉公を世話したという青柳惣兵衛という人の家はわかりました」

与茂七の言葉に伝次郎は目を輝かせた。

「訪ねてみましたが、いまは留守です」

「その家はどこだ？」

「ここから一町(ちょう)（約一〇九メートル）もないところです。その前に粂さん」

与茂七はそう言って粂吉を見た。

「妙な話を聞きました。あっしらと同じように赤星三右衛門を捜していた侍が来たそうです」

粂吉が伝次郎に顔を向けて言った。

「どんな侍だったか聞いたか？」

「人品(じんぴん)のよさそうな背の高い侍だったらしいです。名乗っていないので名前はわかりません。その侍には小太りの侍と小者がついていたそうで……」

伝次郎は遠くの空を短く眺めて、武田家の者かもしれないと考えた。

「与茂七、青柳殿の家を教えてくれ」

五

青柳家を訪ねると、主の惣兵衛はすでに外出から帰っていた。

家は御家人らしい百坪ほどの家で、門は木戸であった。その佇まいから質素な暮らしをしているとわかったが、青柳惣兵衛もその家に見合ったような人物だった。

小柄な身体に合わせたように、さも人のよさそうな小さな顔で、白髪のせいで少し老けて見えるが、実際は四十半ばぐらいだろうか。

「三右衛門のことをお知りになりたいとおっしゃるのは、はて、いかようなことでございましょう」

伝次郎を玄関に近い座敷にあげた惣兵衛は、やわらかな眼差しを向けてくる。口調も穏やかである。

「詳しいことは言えぬのですが、赤星三右衛門殿はどんな人柄でした？」

「沢村様は御番所の与力とおっしゃいましたが、三右衛門がなにか粗相でもしでかしましたか？」

伝次郎は自分の身を明かした手前、直接友助のことを聞くわけにはいかない。もし、武田家の者が探りに来れば、自分が動いていることを不審に思われる。

「さようなことではありません。故人のことを聞くのは、いまわたしが詮議をしていることに関わっているかもしれぬからです」

体のいい方便であるが、ここはしかたない。

惣兵衛は不審げに眉根を寄せたが、すぐに口を開いた。

「あれはわたしより五つほど下でしたが、よく気の利く者でした。同じ徒組に勤めておりましたが、三右衛門は一代抱えでしたので、倅に家督を譲れぬまま死んでしまいました。面倒見もよく、まわりの者に心を砕くいい男だった。一言で言えば、そんなところです。死ぬ半年ほど前から胃がおかしいと、しょっちゅう口にしておりまして、そのうち身体が痩せ、食も細くなり、あっという間のことでした。よほど悪い胃病を患っていたのでしょう。ご新造もその翌年にぽっくり逝ってしまいましてね」

「ご新造はなにゆえ亡くなられました？」

「暑気中りです。医者はそう言っていました。夏の暑い盛りのことでしたが、まさかそんなことで死ぬとは誰も思っていなかったのですが、人の命とはわからぬものです」

「夫婦仲はよかったので……」

「ようございました。それがしの妻とも仲良く付き合ってくれましてね。ご新造は、お久美殿とおっしゃいましたが、人あたりのよい方で、また、はたらき者でした。御徒衆は、それがしも同じですが役高七十俵五人扶持です。お久美殿は生計の助けにと竹細工の内職をしておいでで、それは夜も昼もありませんでした。また三右衛門も、暇があればその内職仕事をしておりました。幕臣と申しても、ご存じでしょうが、身分の低い者はそうでもしなければ内証が苦しいので、しかたありません」

「ご子息がいたようなことをおっしゃいましたが、それはご長男で……」

ここがもっとも聞きたいことである。

「友助という心の澄んだ男でした。三右衛門が身罷り、翌年にお久美殿が逝ってしまうと、友助には頼る者がありません。まだ、彼の者が十四のときでしたか。わたしのつてを頼りに、お使番の倉本千右衛門様のお屋敷に奉公に出ましたが、それは半季奉公の約束でしたので、半年後には暇を出されました。ですが、若いのにしっかりしたもので、自分で口入屋を頼み、いまは寄合旗本の武田雄之助様のお屋敷で奉公しています」

伝次郎は友助が武田家に奉公にあがる際の請人になった工藤仙之助の住まいを知りたいが、それを問えば友助のことを調べていると思われる。ここで、工藤仙之助の住まいは聞かないほうがよいと判断した。

「赤星殿夫婦にお子はひとりだけだったのでしょうか？」

惣兵衛は少し間を置き、一度伝次郎から視線を外し、また元に戻した。

「友助という子ですが、じつは三右衛門夫婦の子ではなかったのです。あの二人には子ができませんでね。それで、友助を養子にしたのです。千住のほうの村の百姓の子でした。友助が五つのときです。友助の下に妹がいたのですが、女では赤星家を継ぐことができません。それで三右衛門は、少し歳はいっているが友助をもらったのです」

「友助はどんな子でした？」

惣兵衛は口の端をゆるめた。友助のことを話すのが楽しいといった笑みに、伝次郎には受け取れた。

「素直で物覚えのよい賢い子と言えばよいでしょうか。養子縁組は世間にはよくあることを心得ていました。三右衛門は読み書きを教えると、砂が水を吸うように覚えるから驚くと、まあ自慢そうに話をしておりました。友助は高札が出ると、それがしに教えに来るようになりましてね。今日はこんなお触れが出たので、気をつけなければならないと、それがしのもとに走ってくるのです。とにかく可愛い子でしたよ」

「赤星殿の家はどうなっています？」

推して知るべしではあるが、伝次郎は念のために聞いた。

「屋敷は三右衛門が死んだあと、召しあげになるはずでしたが、届けが遅れたのか、御上の配慮があったのか、召しあげられたのはお久美殿が亡くなったあとでした。それで友助は侍奉公に出たのです」

「いま、その屋敷はないのですな」

「別の方が住んでいます」

そこで、惣兵衛は茶も出さず失礼しているので、いますぐに運ばせますと尻を浮

かしたが、

「それには及びません。すぐに失礼をしますゆえ」

と、伝次郎は手をあげて制した。惣兵衛は尻をおろした。

「赤星殿は付き合いの広い方でしたか？」

「そうは思えません。それがしの知るかぎり、三右衛門は勤め以外で同輩らと遊んだりはしておりませんでした。勤めがなければ、友助の面倒を見ることと内職仕事をしているのがもっぱらでした。まあ、わたしの家に来て将棋を指したり、酒を飲んだりはしましたが……付き合いは広くなかったはずです」

「友助には近所に仲の良い友達がいたのではありませんか」

惣兵衛は少し考えたが、首をかしげてから答えた。

「仲のよい友達はいたでしょうが、あれは三右衛門の教えを受け、また内職の手伝いをしておりましたから、近所の子らと遊んでいる姿を見たことはありません」

「赤星殿は、子煩悩（こぼんのう）な方だったと」

「さようです。お久美殿も同じですが、友助もすっかり二人に懐（なつ）き、慕っておりました。どんな調べをされていらっしゃるのか知りませんが、三右衛門は道に外れたことをする男ではありませんでした。それだけははっきり申しておきます」

六

「すると、友助の生家のことは聞かなかったのですね」

伝次郎から青柳惣兵衛とのやり取りを聞いたあとで粂吉が言った。

「あまり友助のことを詮索すれば、探りに来たのは三右衛門ではなく、友助だと思われる。そのあとで武田家の者が青柳殿を訪ねれば、おかしなことになる」

「たしかに……」

「旦那、工藤仙之助という御家人の家を探さなきゃなりませんね」

与茂七が気の利いたことを口にした。友助が武田家の奉公にあがるときの請人だ。

当人は死んでいるようだが、妻女は元気なはずだと友助は言った。

「これも手分けして探そう」

しかし、手分けする必要もなかった。故・工藤仙之助の家は、元赤星家から一町と離れていない場所にあった。

もっとも、その家に住んでいるのは別人だったが、さくという工藤仙之助の妻のことがわかった。

倅は徒組の徒衆で、下谷仲御徒町（したやなかおかちまち）にある大縄地（おおなわち）に住んでいるが、さくという工藤仙之助の妻はその倅の家に身を寄せているのだった。

「いずれ、さくという妻女には会うべきだろうが、急がなくてもよいだろう」

伝次郎がそう言うと、

「それで旦那、つぎは千住の村ですか」

と、与茂七が顔を向けてきた。

伝次郎は空を仰（あお）ぎ見た。日は西にまわりこんでいるが、まだ日没までには間がある。

「そうしよう」

三人はそのまま猪牙舟に戻った。与茂七の操る猪牙舟は大横川に出ると、そのまま北上し、源森橋（げんもりばし）をくぐって大川に出た。

与茂七は櫓を漕ぎながら舟を遡上（そじょう）させる。川沿いの道には冬枯れの木が目立ち、枯れ葉を落としきった木に鴉（からす）の群れが止まっていた。

潮が引いてきたらしく少し流れが速くなっている。それでも与茂七は力強く舟を漕ぎ進める。

「もし、友助の言うとおりであれば、なぜ勝蔵という若殿はお藤を殺したんでしょう？　殺すにはそれなりの理由があると思うのですが……」

粂吉が声をかけてきた。伝次郎もそのとおりだと思う。

「お藤は女中だった。なにか若殿が知られてはまずいことを知ったか、あるいは……」

「なんでしょう？」

「若殿が人と変わった趣向を好むということだ。おれにはよくわからぬことだが、閨房（けいぼう）に入ると、互いの首を絞めあったり、縄で身体を縛（いまし）められることを好んだり、思いもつかぬ辱（はずかし）めを受けるのを好んだりする者がいる。そんなとき加減が狂い、過（あやま）って死に至らしめることがある。かつてそんな罪人を扱ってあきれたことがある」

「聞いたことはありますが……そうなんでしょうか……」

「こればかりはわからぬが、もしそうだったとすれば、勝蔵という若殿は変わり者かもしれぬ。妻子があるのに、身内に隠れて陰間(かげま)茶屋に通う亭主がいる。それに似たようなことだ」

「あっしにはわからないことです」

条吉は首を振ってから言葉をつぐ。

「友助は若殿がお藤を絞め殺したのをはっきり見たわけではありませんね。そう言っていました。しかし、お藤が絞め殺されたのなら、その死体を見つけたおかつという女中は、首に絞められた痕を見たはずです」

「見たかどうかはわからぬ。死体を見たという衝撃と驚きで動顚(どうてん)しておれば、絞められた痕など見ていないかもしれぬ」

伝次郎はそう言うが、そのことはたしかめる必要がある。だが、それは御番所の調べの範疇(はんちゅう)にない旗本屋敷内のことだ。

猪牙舟は鈍牛(どんぎゅう)のようなのろさで、水をかき分けて川を上りつづけている。

「旦那、千住三丁目というのはどの辺です？」

与茂七が櫓を漕ぎながら聞いてくる。その額に汗をにじませていた。

伝次郎は自宅屋敷を出る前に、友助に生家のことを聞いていた。千住三丁目と一口にいっても広い地域だからだ。友助は牛田と呼ばれる村だと言い、鐘ケ淵（かねがふち）という土地の名を覚えていた。

そのことを聞いたとき、伝次郎はおそらくあのあたりだろうと、頭のなかで見当をつけていた。

与茂七の漕ぐ猪牙舟は、墨堤（ぼくてい）の北、木母寺（もくぼじ）の入江近くを北へ進んでいた。

「もう少し先だ。そのまま進んでくれ」

川の両岸は百姓地になっている。川縁には薄（すすき）や葦（あし）の茂る藪（やぶ）があり、枯れた木の枝に一羽の百舌（もず）が固まったように止まっていた。

「よし、そこを入れ」

隅田川（すみだがわ）はそのあたりで西方に湾曲して、千住大橋に向かう。その湾曲部の右に、綾瀬川（あやせがわ）（現新綾瀬川）が隅田川に流れ込んでいる。鐘ケ淵はその綾瀬川の河口付近を言う。

与茂七は粗末な桟橋（さんばし）のある入江に猪牙舟を乗り入れた。その桟橋には一艘（そう）のぼろ舟が舫ってあった。村の者の舟だろう。

茅（かや）と葦の繁茂（はんも）している岸にあがると、小径（こみち）を抜けて百姓地に出た。西にまわっている日が雲に隠れて薄暗くなったせいか、百姓地が殺風景に見えた。

畦道（あぜみち）を抜けて細い村道に出てあたりを見まわす。人家は数えるほどしかない。田と畑のところどころに小さな林がある。

「このあたりが牛田というところのはずだ」

伝次郎はつぶやいて足を進める。しばらく行ったところで野良仕事を終えた百姓に出会ったので、ここが牛田かと聞くとそうだと言う。

「六助という百姓の家を知らぬか？　女房はおたみと言うのだが……」

百姓は汚れた手拭いで口をぬぐって考えたが知らないと言った。

「この村は飢饉（ききん）のときに日照りにあったり、川が暴れて水に浸（つ）かっちまったりして、村のもんはよそへ移っちまったんです。おりゃあ、あとでここに来た新参（しんざん）でして……もといた百姓のことなら名主（なぬし）が知ってるかもしれません」

「名主の家はわかるか？」

伝次郎はそう言って心付けをわたした。百姓の顔がゆるみ、案内しましょうと言って先に歩きだした。

百姓は歩きながら、ここは痩せた土地だけど、大豆や小豆（あずき）、それから小麦が穫（と）れると勝手に話した。

「土に塩気があるんで、米はよく育たねえんです」

隅田川の下流が汽水域だというのはわかっていたが、このあたりまで海水の影響があるのだと知った。

名主の家は俗に牛田薬師と呼ばれる西光院の北にあった。案内してくれた百姓は、名主の名は石浜彦右衛門というが、耳の遠い年寄りなので話が通じにくいと教えてくれた。

「はあ、なあんですって？」

たしかに石浜彦右衛門は耳が遠かった。伝次郎が訪いのわけを話すと、片耳に手をあてて聞き返した。伝次郎は少し声を張って言い直した。

「この村に六助という百姓がいたはずだ。女房はおたみというが知らぬか？」

「六助、おたみ……」

彦右衛門は視線を泳がせて考えた。耳にぼそっとした毛が生え、しわくちゃの顔にある眉毛は白かった。

「友助という倅と、おかずという娘がいたはずだ」

「友助、おかず……ああ、六助のことですかい」

「さようだ。家はどこだ？」

「もうねえです。家が水に浸かっちまって、六助と女房は、おっ死んじまったんです。もう五年ばかし前でした。村の水呑百姓の半分はあの大水でいなくなったんです」

可哀想なことだと言って、彦右衛門は鼻水を指先で払った。

「娘はどうなった？」

「娘のことはわかりません。旦那は六助の知り合いですか？」

「知り合いではないが、ちょいと調べることがあるのだ。誰か詳しいことを知っている者はいないか？　六助には親戚ぐらいあっただろう」

「あったかもしれねえですが、村の帳面が水で流されてわからねえんです。暇をもらえりゃ調べますが……」

「いかほどかかる？」

「明日か明後日ならわかると思いますが……」

すぐにはわからぬということだ。伝次郎は友助の親捜しを断念した。

七

屋敷奥の書院に戻った武田勝蔵は、脇息に凭(もた)れていたが、落ち着きなく立ちあがると、障子を開け縁側に出て庭を眺めた。

日が落ちはじめている。名残(なごり)の日が庭の椿を浮きあがらせていた。

「どこに隠れておるのだ」

勝蔵はつぶやいて拳を握りしめ、唇を引き結んだ。それから玄関のほうに向かって、

「誰かおらぬか！」

と、声を張って書院に戻った。

廊下に足音がして障子の向こうから声があった。

「お呼びでございましょうか」

声で中小姓の福田祐之進とわかる。入れと言うと、祐之進が障子を開けて、ひと膝入ってきた。

「友助を捜しに行った者たちはまだ帰ってきておらぬか」

「そろそろ戻ってくる頃合いだと思いますが……」

「見つけられるかな」

「………」

「見つけなければならぬのだ」

「承知しております」

祐之進は手許の畳を見たまま答える。

「おれは明日は登城日だ。なんとしても今日のうちに片づけたいが……」

勝蔵は独り言のように言うと、祐之進にさっと顔を向けた。

「そなたは明日ついてこなくてよい。代わりの者を供につける。もし、今日のうちに友助を見つけられなければ、そなたは秀太郎と勘之助といっしょに友助捜しをしろ」

「承知いたしました」

そのまま祐之進が下がろうとしたので、勝蔵は待てと引き止めた。

「そなたは友助と仲がよかったな。長屋も同じ部屋であった。お藤のことでなにか聞いておらぬか？」

勝蔵は祐之進を凝視した。

「なにも聞いておりませぬが……」

祐之進は無表情に答えたが、純朴そうなつぶらな瞳が揺れた。

「友助が逃げたのは、そなたがあやつに飯を運んだあとだった。そうであったな」

「まさか、あんなことになるとは思いもいたしませんで……」

上向きの鼻がぴくっと動いた。勝蔵は眉宇をひそめた。こやつなにか聞いているのではないかと、勘繰った。

「友助に逃げられたのは、そなたの粗相であった」

「申しわけもございません」

祐之進は平伏した。

「やつからなにか聞いておらぬか。面をあげよ。嘘をついてはならぬ」

厳しい眼光でにらむと、祐之進は顔をこわばらせた。朴訥で気弱な男だからか、それともなにかを隠しているからかわからなかった。

「なにも聞いておりませせぬ」

「まことだな」

勝蔵は祐之進を短くにらむように見て、

「はい」

「探索に行った者が戻ってきたら教えるのだ」

と、指図して下がらせた。

庭側の障子を見ると、もう表が暗くなったのがわかった。

今日の調べではなにもわからなかった。どうやって友助を捜し出せばよいか頭をひねりつづけているが、これはという捜す手掛かりはない。

だが、どうしても見つけなければならない。もし、友助がいらぬことをしゃべれば、おのれへ嫌疑がかかるやもしれぬ。

勝蔵が気に病むのはそのことだ。嫌疑を受ければ目付の調べが入る。それこそいらぬ穿鑿（せんさく）を受けるのは必至。調べが自分だけならまだよい。

しかし、目付の調べはしつこい。おそらくこの屋敷に雇っている奉公人から、妻や子ばかりでなく、床に臥（ふ）したまま隠居同然の父親にも聞き調べがある。

篤実（とくじつ）で温厚な父であるが、謹厳実直（きんげんじっちょく）なところがあり、曲がったことをなにより嫌う質（たち）だ。おのれに嫌疑がかかれば、厳しく問い質（ただ）されるだろう。それは面倒なことである。

（いや、待て）

勝蔵は宙の一点を見据えて、そう悲観ばかりすることはないのではと思う。友助はおれに疑いの目を向け、てっきりお藤を殺したのがおれだと思い込んでいるだけであろう。

あの奥座敷に友助が来たわけではない。そばにいたかもしれぬが、お藤の不幸を見てもいない。声を聞いただけだ。

それだけでおれに罪を着せることはできぬ。なにより、お藤はもうこの世の者ではなく、荼毘に付され骨と灰になっている。友助がなにを言おうが、おれに疑いの目を向けるのは許せることではない。

そうだ、おれはなにも慌てることはない。泰然自若（たいぜんじじゃく）としておればよいのだ。友助はこの屋敷を逃げだしたに過ぎぬ。それは不忠であろう。不届きにも主人に逆らった不義理者でしかない。

（あんな小童（こわっぱ）のことで狼狽（うろた）えるなんぞ、馬鹿馬鹿しい）

胸のうちで吐き捨てるが、忌々しさは心の奥に燻ったままだ。

「若殿様、金沢様らが戻られました」

廊下に祐之進の声があった。

「ここへ呼ぶのだ」

ほどなくして金沢清三郎と二人の若党がやってきた。清三郎は給人である。長身痩軀で狷介な男だが、忠実な家来だった。

「いかがであった？」

「はは、友助を追う手掛かりを見つけました」

清三郎の言葉に、勝蔵は目を輝かせた。

「やつは赤星という姓を名乗っていますが、元々は千住の村に住む百姓の子で、赤星家に養子に入ったことがわかりました。逃げるとすれば生家の村ではないかと思います」

「千住のどこの村かそれもわかったのだな」

「調べてまいりましたが日が暮れたので、捜すのは夜が明けた明日の朝からになります」

（明日か……）

勝蔵は唇を嚙んだ、明日は登城日である。自分が探索に出るわけにはいかない。

「見つけ次第、縄をかけてこの屋敷につれてまいれ」

「御意（ぎょい）にございまする」

第三章　女中の話

一

友助の熱はすっかり下がり、朝方より顔色も肌つやもよくなっていた。

「ご苦労様でございました」

伝次郎と与茂七を玄関で迎え入れた友助は、両手両膝をついてねぎらいの言葉をかけ、

「わたしのためのお骨折り、身にしみています」

と、少し涙目になった。

「気にすることはない。もう大丈夫そうだな」

伝次郎が声をかけると、今日一日大事を取ったのでもうなんともないと答える。

「それはなによりだ。あとで話がある」

伝次郎はそう言って自室に下がり、着替えをして茶の間に移った。与茂七が遅れてやってきて、友助が茶を淹れてくれた。

「今日一日、友助さんからいろいろ話を聞いて、わたしは感心しました。若いのに苦労してこられたのですよ」

千草が晩酌の支度をしながら言う。

「本所の赤星家を探しに行ったのだ」

伝次郎の一言で友助は目をみはった。

「そなたのことを疑ったからではない。武田家の者が探っているのではないかと考えたからだ」

「それで……」

友助は顔をこわばらせた。

「どうやら探りを入れているようだ。だが、あきらめて帰ったはずだ。青柳惣兵衛殿に会って、そなたのことをあれこれ聞いてまいったがな」

「青柳様にお会いになったのですか」

「うむ。そなたの養父母の話も聞いた。若くして亡くなったのは残念なことだが、これぱかりはどうにもしようがない。されど、いい親だったようだな」

「はい。恩を返すこともできずに先立たれたのが、悔やまれてしかたありません」

「それからそなたの生まれた牛田という村だが、赤星家の養子に入ってから生家を訪ねたことはないか？」

友助は少しうつむいて顔をあげた。

「正直に申しますと、養母上が亡くなったあと一度だけ行ったことがあります。しかし、家族に会うことはできませんでした。それに実家がなかったのです。わたしの覚えが間違っているのではないかと思い、幼い頃のことを思いだしながら探しましたが、見つけられませんでした」

伝次郎は生みの親のことを話すべきかどうしようか迷っていた。

「さようか。それで牛田にも行って来たのだ」

友助の目が輝いた。

「それで名主の石浜彦右衛門殿から話を聞いてきた」

「わたしの親のことがわかったのでございましょうか」

友助は身を乗りだした。伝次郎はちらりと与茂七と目を見交わした。

「わかった。五年ほど前の洪水で村は水に浸かり、村の半数の者たちが水に呑まれたらしい。そなたの親も……」

友助は目をみはって絶句した。

「父親は六助というのだったな。その親戚がいないか聞いたが、すぐにはわからないので一日二日待ってくれと言われた」

「あの、わたしには妹がいるのですが、そのことは聞いてらっしゃいませんか？」

「妹のことはわからないらしい。されど、親戚の者ならわかるかもしれぬ。親戚を知っておらぬか？」

友助は視線を短く彷徨(さまよ)わせてから答えた。

「何人かいると思うのですが、覚えていないのです。家に遊びに来る人がいましたが、その人が親戚だったのかどうかはわかりません」

「名前は覚えているか？」

友助は首を振って、

「顔もよく思いだせません」

と、答えた。伝次郎は無理もないと思う。生家を離れて十一年たっているのだ。ひょっとすると、じつの親の顔も朧気にしか思いだせないのかもしれない。

「友助、このあとどうしようと考えているんだ？」

与茂七だった。友助はうつむいて唇を引き結んだ。

「武田家の家来はたしかにおまえを捜しているようだ。見つかったらどうなる？」

「それは……」

「このままでは一生逃げつづけることになるんじゃねえか。見つかったらただではすまねえだろうからな」

「牛田の家がなくなり、親も死んだというのはまことのことでしょうか……」

友助は伝次郎と与茂七にすがるような眼差しを向けた。

「まことのことのようだ」

伝次郎が答えると、友助は肩を落としてため息を漏らした。

「できることなら牛田に帰ろうと考えていました。赤星家のことはともかく、牛田の実家なら安心できると思っていたのですが……そうですか、家はもうないのですか」

「親戚のことがわかれば、力になってくれるかもしれぬ」

伝次郎は憐憫のこもった目を友助に向ける。

「………」

「頼りになる親戚があればの話ではあるが……。ともあれ、名主がそのことは調べてくれることになっている。千草、酒を……」

催促された千草は酒の支度にかかった。

「友助、これは大事なことだが、そなたは若殿がお藤という女中を絞め殺したと言うが、その場をはっきり見たわけではない。障子に映った影を見た。そうだな」

「お藤さんの首を絞める影でした。そして、お藤さんは苦しそうに呻いていました」

「そして、翌朝、同じ部屋で死んでいるお藤をおかつという女中が見つけて騒ぎになった」

「はい」

「されど、そなたはお藤の死体を見ていない」

「はい」

「見た者はいるか？」

「わたしと同じ門長屋に住んでいた福田祐之進という人です。その福田さんがわたしを逃がしてくれたのです」

「福田殿に会って話を聞くことはできぬか？」

「沢村様がですか……」

伝次郎がうなずくと、友助はどこか遠くを見て考えた。

「できるかもしれません」

二

翌朝、与茂七が庭に出て寒稽古をしていると、友助がやってきた。

「ご熱心ですね」

与茂七は素振りをやめ、白い息を吐きながら友助を見た。

「おまえも剣術はやるんだな」

「赤星家の養父（ちち）に教わりました。ですが、さほど上達はしておりません」

与茂七は庭の隅に行くと、伝次郎の木刀をつかみ取り、

「組太刀（くみだち）はできるか？」

と、友助にわたした。

「武田家でも手解き（てほど）は受けていましたが、さほどうまくはありません」

「おれも下手くそだ。やってみよう」

「あの、わたしはいつまでご厄介になれるのでしょう？」

「行くところがあるのか？」

「それは……」

友助は木刀を持ったままうなだれる。

「心配するな。旦那がちゃんと考えてくれる。さあ、やろう。おれが打太刀をやる」

与茂七はさっと木刀をかまえた。正眼（せいがん）である。

友助は着物の裾をからげ、ゆっくり木刀を中段にあげた。

与茂七が小手（こて）を狙って踏み込んだ。友助が下がって斬り下げるように払い落とし、

すくいあげるように木刀を振った。与茂七は右へまわりながら、その一撃を撥ね返した。

さっと両者は間合いを取って離れ、互いに正眼で構え直す。

朝日が与茂七の額に浮かぶ汗を光らせる。足許の地面には霜柱が立っているので、二人の足跡がついていた。間合いを詰めるたびに、霜柱を踏む音がする。

「とおーっ」

与茂七が面を狙って撃ち込んだ。強い打突ではないので、友助がすりあげて横に払う。

さっと跳びしさった与茂七は、即座に胴を抜きに行く。

友助が半身をひねってかわし、与茂七の体勢が整う前に上段から撃ち込んできた。

「あ……」

与茂七は小さな声を漏らした。一本取られた。

「できるじゃねえか」

友助を褒めながらも、負けず嫌いの与茂七は悔しさを顔に表し、

「もう一本だ」

と、誘った。

互いに正眼に構えて間合いを詰めてゆく。与茂七が小手から面へと木刀を繰りだす。友助は下がりながら右へ左へといなし、突きを送り込んだ。

与茂七がすり落として、友助の喉元に剣尖を突き入れた。寸止めである。友助の顔がこわばった。

「いつから剣術をやっているんだ？」

与茂七は木刀を下げて聞いた。

「六つのときからです」

「赤星家に養子に入ってからか。親父さんは強かったのか？」

「さあ、それはわかりません。ですが、熱心に手解きしてくださいました」

「十六だったな。これから鍛錬すれば剣術家になれるんじゃねえか」

友助の目がきらっと輝いた。

「そう思われますか？」

「おれはよくわからねえが、旦那に見てもらえばわかるんじゃねえかな」

そのとき、縁側に立つ影があった。与茂七が見ると、伝次郎が口の端に笑みを浮かべていた。

「友助、筋がよいな。与茂七が言うように修練すれば、かなり強くなれそうだ」

「ご覧になっていらしたのですか……」

友助は恥ずかしそうな顔をした。

「足の運び、身体の使い方に感心した。それはともかく、飯だ。二人ともあがってこい」

伝次郎が座敷に消えると、

「与茂七さん、いま濯ぎをお持ちします」

友助が玄関に行こうとした。

「それには及ばねえさ。上がり口に雑巾を用意してんだ」

「では汗を」

友助は帯に挟んでいた手拭いを与茂七にわたした。

「おまえ、いいやつだな」

与茂七はにやりと笑って、手拭いを受け取った。

朝餉の膳につくと、伝次郎が口を開いた。

「牛田の名主は、明日あたり友助の親戚のことを調べてくれているはずだ」

「わかったらどうするんです？」

与茂七は飯を頰張って聞いた。

「まずは話をする。友助を引き取ってくれるかどうか。それは相手次第であろうが……」

「あの、わたしはいつまでここに……」

友助が箸を置いて遠慮がちに伝次郎を見た。

「しばらくはこの家を離れないほうがよいだろう。武田家の家来がそなたを捜しているのは、昨日はっきりとわかった。無用に出歩くのは控えるべきだ」

「旦那、お藤って女中を、ほんとうに武田の若殿が殺していたらどうなるんです？」

与茂七はそのことが気がかりだった。もちろん、相手は旗本なので、町奉行所で裁けないというのはわかっている。

「目付の調べ次第だ。だが、その証拠(あかし)がなければ、若殿が罪を被ることはない」

与茂七は友助を見た。むんと口を引き結んでいる。

「友助、おまえはどうしたいんだ？」

「……わたしは、若殿が許せません。お藤は自害したのではありません。殺されたのです」

友助は目に涙を溜め、膝に置いた拳をにぎりしめた。

「お藤は自死するような女ではなかったのです。あの日もその前の日も、わたしは明るい笑顔のお藤を見ています。気のやさしい思いやりのある人で……」

友助の目から涙の滴がこぼれた。

「いい人だったんだな」

与茂七が声をかけると、

「ほんとうにいい人でした」

と、友助は指で涙をぬぐい、すみませんとみんなに頭を下げた。

そんな友助を見る与茂七は、なんとかして救ってやりたいと思う。だが、友助が武田家に追われないようにするには、どうすればよいかがわからない。

もっともよいのは、お藤という女中の死の真相をあきらかにすることだろうが、それは武田家の屋敷内で起きたことなので、与茂七はおろか伝次郎ですら手出しも口出しもできない。

しかし、友助が言うように若殿が殺したのなら、なんらかの形で罰を受けなければならない。忸怩(じくじ)たる思いが与茂七の心にとぐろを巻く。

「さ、食べて」

千草が食事を勧めた。それぞれの折敷(おしき)にのっているのは、沢庵、大根の味噌汁、鰯(いわし)のめざし焼き。そして、飯である。

「お藤さんという方、いい人だったのね」

千草がぽつりと言うと、友助が顔をあげた。

「わたしは、じつの姉のような人だと思っていました」

友助はそう言って飯を口に入れた。

(なんとかしてやるよ)

与茂七は胸のうちでつぶやいた。

三

粂吉がやってきたのは、伝次郎が座敷で刀の手入れを終えた四つ（午前十時）過ぎだった。

「武田の若殿の顔を見てきました。今日は登城日のようで供を従えて先ほど出かけられたばかりです。帰りはおそらく七つ（午後四時）頃かと思われます」

その朝、武田家の見張りをしていた粂吉はそう報告した。

「供連れは何人だ」

「十人ほどです」

「すると屋敷に残っている家来は……」

「下僕(げぼく)を入れなければ十人から十五人でしょうが、若殿が出かけられる前に五人の家来が屋敷を出て行きました。どこへ行ったかはわかりませんが……」

伝次郎は火鉢の炭を見つめた。勝蔵という若殿より先に屋敷を出た者たちは、おそらく友助探索のためだろう。

「いかがされます？」

伝次郎が思案に耽(ふけ)っていると、粂吉が声をかけた。

「友助の味方になってくれそうな家来がひとりいるが、顔がわからぬ。それに友助を連れ歩くことは避けたほうがよい。されど、女中なら……」

「お藤と仲のよかった女中ですね。あっしもそのことを考えたんですが、あっしや与茂七ではあやしまれるでしょうし、女中たちは口止めされているかもしれません」

「うむ」

うなった伝次郎はまた短く考えた。天気がよく、障子越しの光が座敷に満ちていた。目白のさえずりが表から聞こえてくる。友助は与茂七の部屋で話をしているが、その声は聞こえなかった。

「千草……」

伝次郎は奥の間で繕(つくろ)い物をしている千草を呼んだ。

「なんでしょう？」

「助(すけ)をしてくれぬか。友助のためだ。危ないことではない」

「わたしにできることでしたら」

千草はきりっと表情を引き締めた。伝次郎は与茂七の部屋に声をかけ友助を呼んだ。いっしょに与茂七もやってきてそばに座った。

「友助、お藤と仲のよかった女中がいたと思うが、それはわかるか？」

「お藤は他の女中と仲良くやっていましたが、とくに親しそうにしていたのは、おくらという女中です。あとはおさだという女中もそうだったと思います。よく冗談を言って笑いあっていたのを知っています」

友助は真剣な目で伝次郎を見た。

「おくらとおさだだな。二人はどんな顔つきでどんな体つきだ」

おくらは二十歳ぐらいで口許に小豆大の黒子があり、また右目の下に泣き黒子があると友助は話した。おさだは三十ぐらいの年増で小太り。冗談が好きな明るい女で、しゃがれ声らしい。

そのことを聞いた千草は神妙な顔でうなずいた。

「お藤の死体を見つけたのはおかつだったらしいが、お藤を荼毘に付した寺に女中たちはついていったのだろうか？」

「いいえ、あのときは若殿様と五、六人の家来だけでした。わたしはついて行っていません」

「その寺はどこだ？」

「たしかな場所はわかりませんが、武田家の菩提寺は愛宕下にある青松寺なので、そこだと思います。どうなさるのです？」

友助は澄んだ目を怪訝そうにしばたたく。

「お藤がまことに殺されたのかどうか、それをたしかめるのだ。それで、女中たちは屋敷から出ることはあるだろうか。買い物に行くとか、使いに出るということだが……」

「それはあります。いつも裏の門から出入りしているのは知っています」

伝次郎はお藤を荼毘に付したときに、勝蔵といっしょに行った家来たちからも話を聞きたいが、それは望めないだろう。

「千草、さようなことだ。もし、おさだとおくらに会うことができたらうまく話を聞いてくれぬか」

「やってみます」

千草ははっきり答えて友助を見た。

「旦那、おれにできることはないんで……」

与茂七が聞いてくる。

「今日のところはよい」

伝次郎は友助をひとりにさせたくなかったし、留守を預からせることにも不安がある。気持ちを逸らせこの家を出て行くかもしれないし、匿われているという遠慮もある。迷惑をかけたくないと思い、行方をくらまされてはことだ。

「千草、そなたが頼りだ。うまくやってくれ」

「わかりました。それじゃ早速にも……」

千草は着替えるために自分の部屋へ行った。

「それであっしは……」

粂吉が聞く。

「おまえはおれといっしょに青松寺へ行く」

「で、おれは……」

与茂七が餌をほしがる犬のような顔を向けてくる。

「おまえは友助と留守番だ」

伝次郎は着替えるために立ちあがった。友助を救うために動いているが、気がかりなことがある。それは、筒井奉行からの呼び出しで新たな下知を受けることだ。

しかし、いまは呼び出しがないことを願うばかりである。

少なくともあと二、三日はあってほしくないと思う伝次郎であった。

四

青松寺は芝増上寺の北にある大きな禅寺だった。武田家からさほど離れた場所ではなかった。山門を入ると、境内で掃除をしている若い坊主がいたので、伝次郎は声をかけた。

「薬師小路にある寄合旗本武田雄之助様を存じておらぬか？　ご子息は勝蔵とおっしゃり書院番組頭を務めておられるが……」

聞かれた坊主は箒を持ったまま目をしばたたき、

「少しお待ちください」

と、言って本堂の裏のほうに駆けていった。武田家の者と思ったのか、それともまだ年端のいかない若い坊主なので上の者に聞きに行ったのだろう。

足許にかき集められた落ち葉の山があった。立派な寺で大きな銀杏の木がある。葉を落としたその木の枝が、空にひび割れを作っていた。

しばらくしてさっきの若い坊主が、年配の僧を連れてきた。

「武田のお殿様のお屋敷の方でございましょうか？」

袈裟を着ている僧は、若い坊主と衣装が違う。あきらかに上の僧だとわかった。

「先日、武田家の女中が不慮の死を遂げ、この寺で死体を荼毘に付したはずだが、その際、立ち会った者に会いたいのだ」

伝次郎は相手の問いには答えずに言った。

「ああ、あのことでございますか。あいにくこの寺には荼毘所はございません。若殿様に頼まれましたが、丁重にお断りをして、深川にある荼毘所を教えて差しあげました」

「その荼毘所は？」

「深川の浄心寺でございます」

伝次郎はあの寺かと胸のうちでつぶやいた。深川は以前住んでいた土地であるから、すぐにぴんと来た。

「なにかございましたか？」

僧は怪訝そうな細い目を向けてきた。

「いや、それならばよいのだ。手間を取らせた」

伝次郎は余計な問答を嫌い、そのまま境内を離れた。本堂の裏の森で鴉たちの鳴き騒ぐ声が背中を追いかけてきた。

「深川の浄心寺はたしかに火屋（茶毘所）のある寺です」

粂吉が歩きながらつぶやく。伝次郎も浄心寺で火葬が行われているのは知っていた。

少し足を急がせて、亀島橋まで戻ると舟着場に舫っている自分の猪牙舟に乗った。

伝次郎は雪駄を脱いで足半に履き替えると、脱いだ羽織を粂吉に預け、着流しを尻端折りして襷をかけて棹をつかんだ。

「なにかわかりますでしょうか？」

猪牙舟を滑らせるように出すと、粂吉が聞いてきた。

「それはわからぬが、できるだけのことはしなければならぬ」

「相手が旗本だと面倒ですね」

たしかに面倒である。直接武田家を訪ねて、惣領の勝蔵以下の奉公人たちに話を聞くことができればよいのだが、それはできない。

冬空は真っ青に晴れていた。朝のうちには風が冷たかったが、いまはわずかだが寒さがゆるんでいた。

霊岸橋をくぐり抜けると、そのまま箱崎川に入って大川に出た。流れはゆるやかで、ゆったりと波が動いていた。青々とした水面が日の光をきらきらと輝かせている。

大川を横切って仙台堀の入り口になる上之橋をくぐり抜けた。堀川に入ると急に流れがゆるくなり、猪牙舟を操りやすくなる。

すれ違う舟をやり過ごし、左舷から右舷に棹を移すたびに、河岸道を歩く者たちを眺めながら猪牙舟を進めた。四、五人で歩く侍を見ると、もしや武田家の家士ではないかと思うが、それはないはずだ。

伝次郎は海辺橋を過ぎ、つぎの亀久橋の袂に猪牙舟を舫って河岸道にあがった。

浄心寺はそこからほどないところにある。

　山門を入り、本堂の北側にある墓地に足を運ぶと、その一画に荼毘所があった。特別な建物はないが、近くで休んだり、墓掃除をしている者が何人かいた。寺の坊主ではないが、寺の仕事をしている者だというのはわかった。火葬や死者の埋葬をし、墓守などをしている男たちだ。

　男たちは伝次郎に気づくと、少し緊張した顔を向けてきた。

「つかぬことを訊ねるが、数日前に愛宕下の殿様の女中をここで焼いてはおらぬか？」

　伝次郎はそう言ってそこにいる者たちを眺めた。みんな無言のまま互いの顔を見合わせたが、しゃがんで煙草を喫んでいた男が立ちあがって、

「武田様のお女中でしたらあっしらが焼きました」

と、言った。

「そのとき、死体を見たか？」

「見ました。導師がいなかったんで、どうしますと聞きますと、その必要はないから早く焼いてくれと急かされましてね」

「死体を見たと言ったが、なにか気づくことはなかったか？」

「病死だと言われたんですが、首に妙な痕がありました」

伝次郎は片眉をぴくっと動かした。

「どんな痕だった？」

相手は一度仲間を見てから視線を伝次郎に戻した。

「こんなことを言っちゃいけねえかもしれませんが、あっしは病死ではなく、絞め殺されたんだと思いました。首のこのあたりに紐で絞められたような痕と、指で押された痕のようなものがありましたから」

相手は自分の耳下の首を押さえて言った。

「たしかに見たのだな」

「あっしだけじゃありません。おい巳助、おめえも見てそんなことを言ったな」

巳助と呼ばれた男は顔をこわばらせて、

「おれはそう思っただけだ。滅多なことは言えねえだろう」

と、伝次郎から視線を外した。

「喉のあたりに指痕があった。それで、病死ではなく殺されたと思った。さようなことだな」

「そう思っただけです」

巳助は言葉を濁した。

「火葬にするとき、普段は坊さんがつくのだな。されど、そのときはつかなかった」

「殿様が断られたようなんです。あっしらは言われるままに仕事をするだけですから」

もう聞く必要はなかった。お藤は自害したのではなく、友助が言うように絞め殺されたと考えるべきだ。

五

「まあ、茶でも飲んでひと休みしよう」

友助は水汲みと薪割りを終えたところで、与茂七に茶の間に呼ばれて湯呑みを差しだされた。

「それにしても、おめえはよくはたらくな。武田の殿様の屋敷でもそうだったのか……」

「休んでいると、遊んでいると思われるんです。うるさい方がいらっしゃいまして」

友助は湯気を吹いて、茶に口をつけた。

「侍奉公も楽じゃないってことか。おれなんか侍奉公なんて考えたこともねえ。もっとも雇ってもらったって務まらなかっただろうな」

「与茂七さんのお父上は、手跡（しゅせき）指南をやってらっしゃったんですね。その跡を継ごうとは思わなかったのですか？」

「思いもしなかった。つまらねえ仕事だと思っていたよ。だけど、そのおとっつあんもおっかさんも早くに死んじまってな。まともな店にでも奉公に出りゃよかったんだろうが、そんなことはしなかった。親戚の勧めもあったけどよ」

「で、どうされたんです？」

「一度錺（かざり）職人の弟子になったんだ。だけど、つまらなくなってすぐやめちまった。そして駕籠（かご）舁（か）きをやってみたが、見習でやめちまった。ありゃあしんどくてつらい仕事だ。辛抱が足りねえんだ。そのあとは悪い仲間とつるんで、遊んでばかりだ。いま思えばよくそれで食っていけたと思うよ」

「沢村様とはどうやって お知り合いになったんです?」

友助は与茂七を見る。鼻っ柱の強そうな顔つきだが、根はいい人だというのがわかっていた。自分のことを親身に考えてくれてもいる。

与茂七は自嘲の笑みを浮かべたあとで、

「旦那がどんな人か知らねえで絡んだんだ。あの頃は侍だろうがやくざだろうが、怖いと思ったことはなかった。だけどよ、旦那にはあっさりねじ伏せられ、そして説教された。まあ、縮めて言えばそれが旦那との出会いだった」

と、どこか遠い過去を懐かしむような顔をした。

「旦那に出会ったおかげでおれは人が変わったと、自分でも思うよ。おかみさんもいい人だし、自棄っぱちになって暮らしていたことを、ほんとに馬鹿らしく思ったもんだ」

「それは与茂七さんが、もともといい人だからですよ。そうでなければ、沢村様にお仕えなどできないはずです」

「それはどうかな。で、おまえ、これから先どうするんだ？　もう武田家には戻ることはできねえだろう。またどこかのお武家のお屋敷に奉公する気か？」

「もうしないと思います。だけど、いまは先のことをうまく考えられなくて……」

ほんとうにそうだった。いまさらながら、自分に降りかかった災難は自分で作ったのだと、わずかな後悔があった。

しかし、お藤の死を無駄にしてはならないという思いもある。だから、友助は若殿の武田勝蔵に反抗的な目を向け、強い疑いをかけた。

伝次郎に勝蔵がお藤を殺した場を見ていないのだなと言われたときは、はっとなった。

たしかにそうだった。自分は苦しそうなお藤の呻き声を聞いていたし、勝蔵がお藤の首を絞めているような影を見たに過ぎない。それなのに、勝蔵がお藤を殺したと決めつけたのだ。

だが、翌る朝にわかったのは、お藤が自害したということだった。それを聞いたとき、友助は「嘘だ！」と強く思った。それなのに、屋敷の者たちは、勝蔵の言うことを信用していた。

みんな疑心はあったはずなのに、女中も家来も勝蔵の言うことを信じた。ただひとり、勝蔵に疑いの目を向けたのは友助だけだった。挙げ句、納屋に閉じ込められ、ひどい折檻を受けた。

「旦那はおまえのことを筋がいいと言ったな。剣術の腕を磨いて、その道で生きることもできるんじゃねえか」

そのことはぼんやりだが頭の隅にあった。しかし、それほどの腕はいまはない。当面の暮らしを立てることを考えなければならない。

それから疑問がある。いまも武田家は自分を捜しているだろうかということだ。屋敷から逃げてもう何日もたっている。自分は箸にも棒にもかからない雇われの若党だった。

そんな男のことをしつこく捜しまわるだろうかと思いもする。

「昼にはおかみさん、帰ってくるかな」

友助が考えごとをしていると、与茂七が表を見てつぶやいた。

「早くお戻りになるといいですね。わたしも話を聞きとうございます。それにしても、こんなわたしのために、みなさんが動いてくださるとは思いもよらぬことでした」

　ほんとうに申しわけないという気持ちでいっぱいだった。助けてもらったうえに、熱を出した自分を医者に診せ、そして介抱してもらった。そのことを思うと、我知らず目頭が熱くなり泣きそうになったので、

「もう少し薪を割っておきます」

と、誤魔化して席を立ち庭に出た。

　表は冬の光にあふれていた。うっかり涙が出そうになった両目を片腕でしごいて、太い薪を薪割台に置いて斧（おの）を振るった。ぱかっと薪が二つに割れ、庭木に止まっていた鴨が驚いて羽音を立てて飛び去った。

　割れた薪の片方を取ったとき、ふと思いだすことがあった。武田家で同じように薪割りをしているときだった。薪雑把（まきざっぽう）のささくれで指を怪我したときだ。

　近くで洗濯物を干していたお藤が、痛いと言ってしゃがみ込んだ友助に気づき、どうなさいましたと言って近づいてきて、血の出ている友助の指を見て驚いた。

たいした傷ではないと言ったのだが、お藤は母屋に駆け込んですぐに戻ってきた。

「これ塗ってください。傷に効くんです」

と、膏薬をわたしてくれた。女中たちもときどき些細なことで怪我をするので、用心のために備えてあるのだと言った。

「そそっかしいからこんなことになるんです」

友助が照れながら礼を言うと、

「誰でも些細なしくじりはありますよ。でも、赤星様はよくはたらかれますね、わたし感心しているんですよ」

お藤はやさしげな微笑みを浮かべて宥めた。

「わたしよりお若いですよね」

「十五です」

「そうすると、わたしの弟と同じぐらいです」

「弟さんがいらっしゃるんですか……」

「いまはいません。三年前に風邪をこじらせて死んでしまったんです」

「それはお気の毒な」

「赤星様にはご兄弟は？」

「妹がいますが、もう何年も会っていません」

そんなやり取りがきっかけで、お藤と親しく話すようになった。庭や屋敷裏で顔を合わせると、天気のことや庭の花が見事に咲いたなどと短い話をした。

他愛(たわい)ないことだったが、お藤はそっと蒸(ふ)かした芋をわたしてくれたり、門長屋で使ってくれと、自分が縫った雑巾をくれたりした。

友助はそのうちお藤に会うのが楽しみのひとつになった。屋敷ではたらいている女中たちを見ると、我知らずお藤を捜すようにもなった。

自分に姉がいたら、お藤のような人がよかったと、かなわぬことを思いもした。そして、自分が百姓の出だと打ち明けたとき、お藤もそうだと言った。しかも、生まれた村が近かったということもわかり、ますますお藤に親しみを感じた。

そんなお藤からあるとき、

「死んだ弟に似てるんですよ。だから、ときどき赤星様が弟に見えるときがあるんです」

と、言われた。

「弟と思ってください」

友助が即座に答えると、

「それじゃ、わたしを姉と思ってくださるかしら」

と、まばゆい笑顔で言われた。

友助は「はい」と答え、それから二人して楽しそうに笑った。

ツイ、ツイと鳴く目白の声で友助は我に返った。二羽の目白が庭の隅にある南天(なんてん)の木に止まっているのだった。しかし、すぐにどこかへ飛び去った。

番(つがい)かもしれない二羽の目白を見送った友助は、

(お藤……可哀想に……)

と、胸のうちでつぶやいたとたん、どっと涙があふれてきた。

六

福田祐之進は千住大橋をわたり掃部宿(かもんしゅく)に入ったところで、友助の生家がもっと東のほうの村だというのを知った。先導する金沢清三郎は目を吊りあげて、

「まったく遠回りではないか。もっと詳しく聞いておけばよかった」

と言ったあとで、「ええい、くそ」と、吐き捨てた。

祐之進は金沢清三郎が苦手だ。長身痩軀で狷介な人柄なので、なるべく距離を置くようにしていたが、今日はその清三郎と友助捜しである。

他に鈴木勘之助という中小姓と又右衛門という中間がいっしょだった。勘之助はあばた面で肩幅の広いがっしりした体格に四角い顎を持っている。見た目はいかついが、慎重な男だった。

「飯だ」

清三郎が掃部宿の外れまで来て、ついている祐之進らを振り返った。

「さっき、飯屋がありましたが……」

勘之助が言うと、清三郎は吊りあがった目を大きくして、そこで食おうと言った。祐之進らは逆らえないので、来た道をまた引き返した。

しばらく戻ったところにたしかに飯屋があった。掘っ立て小屋みたいな粗末な飯屋だったが、清三郎は頓着せずに店に入った。祐之進たちはあとにつづく。

清三郎が勝手に注文をした。菜飯と田楽。祐之進たちにもそれでいいだろうと勧める。誰も異を唱えないので、店の者は板場に下がった。

「見つけられるでしょうか……」

勘之助が清三郎に声をかけた。

「見つけなければならんのだ。若殿様のお指図だぞ。あたりまえのことを聞くでない」

清三郎はじろっと勘之助をにらみ、がぶりと茶を飲んだ。清三郎は知行地を与えられている給人で、長く武田家に仕えている男だった。

「友助の生まれは千住三丁目の牛田という村でしたね」

勘之助が祐之進に顔を向けて聞いた。

「さように聞いている」

「村に戻っているでしょうか……」

「さあ、それはわからぬ」

答える祐之進はいないでくれと心のなかで念じる。もし見つかれば、友助は手討ちにされる。主人には奉公人を手討ちにする権限が認められている。逆に奉公人は主人を訴えることはできない。なんとも理不尽なことだが、それが現実だった。

「今日中に捜し出して、友助を屋敷に連れ帰るのだ。なんとしてもそうしなければならぬ」

清三郎が独り言のようにつぶやく。

祐之進は黙ったまま、その清三郎の横顔を見た。意思の固い目で土壁の一点をにらむように見ていた。武田家にあって、家老を兼ねる用人のつぎに偉いのが給人の清三郎と中村秀太郎だった。

中村秀太郎は、今日は登城した勝蔵の供をしている。剣の達人で、ときどき祐之進らは稽古をつけてもらっている。

菜飯と田楽が運ばれてくると、みんなは黙々と食事にかかった。清三郎が菜飯をお代わりして腹を満たすと店を出て、牛田という村に向かった。

だが、たしかな場所がわからない。ときどき出会う村の者に声をかけて、牛田を教えてもらった。牛田というのは小名（こな）で小さな集落だというのがわかった。いわゆる、千住三丁目の一区域のことだった。

でこぼこした野路（のじ）のまわりに畑が広がり、荒川（隅田川）沿いの岸辺には葦や薄が繁茂していた。千住宿を離れるにつれ、人家が少なくなってくる。

友助の生家は武田家に差しだされていた奉公人請状から判明していた。それには赤星家のことしか書かれていなかったが、友助の請人になっていた工藤某という御家人をあたってわかったのだ。

祐之進は友助から、自分は赤星家の養子に入った者で、実の親は別にいると聞かされていたが、その詳しいことは知らなかった。だが、友助がまっすぐな心根を持つ男だと、同じ門長屋に暮らすうちにわかっていた。そんな友助のことを、祐之進は弟のように可愛がってもいた。

「金沢様、友助の親は死んで、いないそうです」

近くの百姓（ひゃくしょうや）家から戻ってきた鈴木勘之助が清三郎に報告した。

「死んだだと……」

清三郎は薄い眉をひくっと動かした。

「家はどこだ？」

「それが、五年前の大水で流されたらしいのです。このあたりの百姓の半数はそのとき水に呑まれて死んだと言います」

「では、友助の帰る家はないということか……」

清三郎はそう言って周囲の景色を見わたした。遠くの畑で野良仕事をしている百姓の姿があるぐらいだった。

「友助はここにはいないんです」

「では、どこにいるんだ……」

勘之助は「さあ」と首をかしげる。

そばでやり取りを聞いている祐之進は、内心で安堵した。友助がもし生家にいたらどうしようかと気が気でなかったのだ。自分は友助の捕縛に来たが、そんなことはしたくなかった。

「すると、捜しようがないということか……」

清三郎は数歩歩いて、祐之進らを振り返った。

「屋敷に戻るしかないのではありませんか」

祐之進は言った矢先に失言だったかと思ったが、清三郎が「そうするしかないだろう」と折れたので、胸を撫で下ろした。

帰路は隅田村にわたり、向島の墨堤を辿って帰ることになった。

清三郎から離れて歩く祐之進は、友助のことを考えた。お藤が自害したとされる夜のことだ。あの夜、友助は見廻りから帰ってくると、青ざめたような顔で布団に

くるまり、

「怖いことを……」

と、一言つぶやいた。気になった祐之進がなにがあったのかと聞いても、友助は「信じられません」と言ったまま口をつぐんだ。

お藤が自害したと知らされたのは、その翌朝のことだった。表門近くで知らせを受けた友助は、茫然自失(ぼうぜんじしつ)の体(てい)で母屋を眺めていた。

「お藤は殺されたのです。若殿様に殺されたのです」

友助がそう言ったのは、その夜のことだった。祐之進はにわかには信じられなかったが、友助から話を聞いて驚いた。しかし滅多に口にできることではなかった。

そして、友助は茶毘に付されたお藤の遺骨が実家に届けられたと知ったとき、若殿様を非難した。それは主人への反逆だと見なされ、納屋に放り込まれひどい折檻(せっかん)を受けた。

(あのままでは友助は死んでいた)

友助を逃がした祐之進は、生きていてくれ、捕まらないでくれと、歩きながら念じた。

暗い心のうちとは裏腹に、空は憎らしいほど晴れわたっていた。

七

「あの、もしやあなたは武田家の方では……」

千草は味噌屋から出てきた女に声をかけた。間違いなければ、この人がおくらという女中のはずだ。口許にある小豆大の黒子。右目の下に泣き黒子。友助から聞いた人相にそっくりだ。

「はい」

女は怪訝（けげん）そうな目を向けてきた。

朝からずっと武田家の勝手口を見張っていた千草には、やっと目あての女中に会えたという安堵と、ここでしっかり話を聞かなければならないという使命感があった。

「わたしは同じお屋敷に奉公にあがっていたお藤の親戚の者なのですけれど、少し話をさせていただけないかしら」

千草があやしまれないように言うと、女の目が驚いたように見開かれた。

「あ、わたしは千草と申しますが、あなたは？」

「くらです」

やはりそうだった。二十歳ぐらいだろうか、肌の肌理（きめ）が細かくつやつやしている。

「おくらさんはお藤のことをご存じですよね」

「よく存じあげていました。わたしに一番仲良くしてくれた人でした」

おくらは少し目をうるませた。お藤のことを思いだしたのだろう。

「実家に遺骨が届けられたのですけれど、わたしはあの子があんなに早く死ぬとは到底思えないのです。そんな子ではなかったから……」

「わたしも信じられません。いまでもなにかの間違いだったのではないかと思っています」

立ち話ではゆっくり話ができない。千草は先にある茶屋に目をつけて、

「少しだけ話をさせてくださらない。お手間は取らせませんから」

と、やわらかな笑みを浮かべた。

「かまいません」

千草は近くの茶屋におくらをいざなった。そこは、露月町の表通りだった。前の道は東海道だが、昼下がりのせいか人通りはさほど多くなかった。

「お藤はどうして死んだんでしょう。おくらさんはなにか知りませんか？」

茶が運ばれてきてから千草は聞いた。

「自分で自分の命を絶つような人ではありませんでした」

おくらはそう言ったとたん、慌てたように口を塞いだ。うっかり口を滑らしたのだ。

「自分で自分の命を……それじゃ、お藤は自害したのですか？」

千草はおくらを直視した。おくらは自分の失言に戸惑っていた。武田家はお藤の死を病死としているのだ。

「正直に話してくださらない。このこと、わたしは口外しませんから……」

おくらは視線を短く泳がせ、あきらめたように千草に顔を戻した。

「他言無用に願いますよ」

「約束します」

「お藤さんはやさしくて明るくて、いつも笑顔を絶やさなかったのに……。なにかを悩んでいるふうでもなかったのですよ」

「それがなぜ？」

おくらはわかりませんとかぶりを振った。

「お屋敷でなにかいやなことでもあったのかしら」

おくらはそれもわからないと、うつむいた。そのまま足許に視線を落として、

「ただ……」

と、つぶやく。

「なんでしょう？」

「わたしたち、お藤さんの身体をきれいにしたんです。お寺に運んで茶毘に付す前のことです。若殿様に急かされましたが、せめて身繕(みづくろ)いだけはきれいにしてあげたかったからです。みんな泣きながらお藤さんの顔や身体を拭いてあげました。それからお仕着せではなく、お藤さんが奉公にあがったときに持ってきた着物を着せてあげました。わたしは紅(べに)を差してやりました」

おくらは話すうちに悲しみが込みあげてきたのか、ぽろっと大粒の涙を落とした。

それを指で押さえてつづけた。

「若殿様は、首を吊って死んだとおっしゃいましたが、違うと思いました」

千草はきらっと目を光らせた。

「お藤さんが死んでいるのを見つけたのは、おかつさんという女中でしたけど、そのときは欄間の梁に腰紐を通して首を吊っていたそうです。でも、なにか違うと思ったのです」

「どういうふうに……」

「お藤さんは、前の日につぎの藪入りが楽しみだ。休みは三日しかないけど、思い切り羽を伸ばそうとか、親に少し孝行してやりたいとか、そんなことをほんとうに楽しそうに話していたんです。自害するような人はそんなことは言わないと思うんです。思い詰めたような顔でもなかったし、人に言えないような悩みを抱えているふうでもなかったんですよ。それがひと晩明けたら……」

おくらは短く嗚咽して、すみませんと謝った。

「いいのよ。わたしも泣きたいほど悲しんでいるのですから。それで、なにか違うと思ったというのは……」

おくらは泣き濡れた顔を千草に向けた。

「お藤さんの首には腰紐の痕があったんですけど、違う痕もありました」

「どんな……」

「指のような痕でした。お藤さんが苦しくなって紐を解こうとしたのかもしれませんけれど、よく考えると、指で押されたような痕だった気がするんです」

「誰かに首を絞められたということかしら」

「……そうかもしれません」

おくらはそう言って、ぶるっと肩をふるわせた。

「そのこと誰かに話しましたか？」

おくらは首を横に振った。

「あなた、お藤は殺されたと思っているのでは……」

おくらの顔がこわばった。

「もし、そうならお藤は可哀想すぎるわ。誰にそんなひどいことを……」

千草は何ともいえぬ悲しみを感じ、少し涙声になった。お藤には会ったことなどないが、友助やおくらから聞くかぎり、誰からも好かれる女性だったという印象が強い。そんな女性が突然死ぬことには大きな疑問がある。

「わからないこともあるんです」

千草はおくらを見つめた。

「なぜ、お藤さんがあの奥座敷で首を吊ったかということです。そこは女中部屋から離れた座敷で、普段はあまり使われない部屋だから、死ぬには都合よかったのかもしれませんが……」

「お藤が最後に見られたのはいつかしら？」

「死ぬ前の晩です。わたしは見ていませんけど、他の女中が若殿様に呼び止められ、なにか話をしているのを見たそうです」

「なにを話していたのかしら？」

「それはわからないということでしたけれど、お藤さんはなにやら浮かない顔をしていたらしいです」

千草は目の前を通り過ぎる大八車を見送りながら、若殿様と呼ばれる勝蔵がお藤になにを話していたのかを推測した。友助の証言と考え合わせると、そのときお藤は勝蔵に呼び出されたのかもしれない。そして、奥座敷に入って勝蔵に襲われた。そう考えても無理はないような気がする。

ている。
おくらは床几から尻を浮かそうとした。千草も長く引き止められないとわかっ

「もうひとつ聞かせて。お藤が荼毘に付すために屋敷から運び出されたのはいつ？」

「その日のうちでした」

「そんなに早く」

千草は目をまるくした。

「死体を長く屋敷には置けないということでした。ですから、わたしたちはずいぶん忙しい思いをしました」

「それはどなたのお指図だったのです？」

「若殿様です。ずいぶん苛立っておいででしたから、わたしたちは勘気に触れてはいけないと思い焦りました」

おくらから聞けたのは、そこまでだった。千草はまた話を聞かせてもらいたいと言ったが、おくらはできるかどうかわからないと答えた。

「わたしがお藤の話を聞いたこと、黙っていたほうがよさそうね」

「ええ、お願いします。それでは、これで……」

おくらは今度こそ立ちあがって歩き去った。

気づけば日が翳(かげ)っており、歩く人の影が長くなっていた。

第四章　妹

一

武田勝蔵が自宅屋敷に戻ったのは、日の暮れ前の七つ（午後四時）過ぎだった。その日はずっと落ち着かなかった。屋敷から逃亡した赤星友助のことが気になってしかたなかった。妙な噂を流されたら、おのれの出世にひびくことこのうえない。

組頭の勝蔵は、いずれは番頭から町奉行へ出世したいと考えていた。そのためにはいまのお役をつつがなく務めなければならない。粗相はもっての外(ほか)であるし、汚点がつくようなことは極力避けなければならない。

しかし、屋敷から逃げた赤星友助にいかがわしい噂を流されては、思いもよらぬ出世の妨げになる。

勝蔵は城内詰所にいても尻が据わらず、立ったり座ったりを繰り返していた。時のたつのが普段以上に遅く感じられ、廊下に出ては西に傾く日ばかり眺めていた。

ところが下城間際に、支配役の若年寄・大岡主膳正に呼びだされた。

心の臓が跳ねあがり、もしや、と顔がこわばった。ところがそれは杞憂で、呼びつけた若年寄は父・雄之助の様子を訊ねた。

父・雄之助は屋敷の離れにて療養中である。医者の診立ては心の臓が弱っているということだった。そのせいで床に臥したままで、日に日に足腰が弱っていた。

大岡主膳正は雄之助の病状を聞くと、そのまま他愛もない世間話をはじめた。気が急いている勝蔵は相槌を打つだけで耳を傾けるふりをしながら、大岡主膳正の話が終わるのを待たねばならなかった。

下城時刻はとっくに過ぎていたので、勝蔵は急ぎ屋敷に戻るなり、その日の探索に行っていた金沢清三郎を書院に呼びつけた。

「親が死んで、友助の帰る家がなかったとな」

「ははっ。よって、友助の逃げる家はございませぬ」

「ならば、どこへ逃げていると申す。その手掛かりはつかめておらぬのか」

勝蔵は恐縮している清三郎の薄い眉の下にある、吊りあがった目を凝視した。

「おざなりな調べをしておるのではなかろうな」

「滅相もございませぬ。明日も草の根分けて探索いたします」

「友助のことをこのまま捨て置くわけにはいかぬ。なんとしてでも捜すのだ」

「はは」

平身低頭する清三郎が書院を出て行くと、勝蔵は脇息に置いた手の指を小刻みに動かして、宙の一点を見据えた。

忘れもしない友助の顔が脳裏に浮かぶ。友助は普段と違う目つきで、

——お藤は、若殿様に殺されたのです。

まさか、あのおとなしい友助にそんなことを言われるとは思いもしないことだった。

——きさま、なにを言っているのか、おのれでわかっておるのか？

勝蔵が憤った顔でにらんでも友助は怯まなかった。

——お藤を殺したのは若殿様です。わたしは知っているのです。

あのときの友助の目は忘れもしない。人を蔑(さげす)み忌(い)み嫌うような目であった。なにゆえ、こんな若造がおのれにそんな目を向けるのだと、腹立たしくてならなかった。

宙の一点を見据える勝蔵は、ギリッと奥歯を噛むと、脇息をたたいて立ちあがり、

（あのとき手討ちにしておけばよかったのだ）

と、胸のうちで吐き捨てた。手心を加えたばかりに、無用の心配をしなければならなくなったおのれに腹が立ってしかたなかった。

「若殿がお藤を殺したことは、もはや疑いのないことではありませんか」

伝次郎と千草の話を聞いた与茂七は、開口一番にそう言った。

「されど、その証拠(あかし)がない。ないばかりか、お藤はすでに死んでおる。屋敷内で自害と見做(みな)されれば、それに口を出すことはできぬ」

伝次郎は渋面(じゆうめん)で言ってぐい呑みの酒を口に運んだ。

川口町の自宅屋敷の茶の間だった。そばには友助も粂吉も座っていた。友助は唇を噛んで黙りこくっている。

「それに、友助が手討ちになっても文句は言えぬのだ」

「若殿は殺しの罪人ではありませんか。そんなことは許されないでしょう」

与茂七は憤って顔を赤らめた。

「武家奉公人が粗相をした。あるいは主人に盾突いたり不義をはたらけば、手討ちにされても致し方ないことなのだ」

「友助はなにも悪いことはしていないんですよ」

「わかっておる」

「それじゃどうするんです？　友助はずっと逃げなきゃならないんですか……」

伝次郎は手許のぐい呑みの酒に視線を落とした。与茂七の言うことはよくわかる。友助もそうだが、死んだお藤も不運としか言いようがない。むろん、それで片づけられることではないが、相手は旗本。しかも、書院番の組頭である。

たとえ伝次郎が町奉行所において与力並みの待遇を受けていても、武田勝蔵を裁くことはおろか詮議することもできない。

「友助さん、あなたはどう考えているの？」

千草に聞かれた友助はゆっくり顔をあげた。口を引き結んで泣きそうな顔をしている。

「……わたしは、お藤の死を無駄にはしたくありません」

「その気持ちはわかるわ。でも、あなたは武田家の家来にずっと追われることになるかもしれないのよ」

「………」

「いつまで追われるか、それはわからないでしょう。うまく見つけられずに暮らしていたとしても、あるとき見つかるかもしれない。そうなったらどうなるかしら」

「捕まったら、おそらく……」

友助は一旦言葉を切ってからつづけた。

「わたしはたとえ手討ちにされても、若殿様を許すことはできません」

伝次郎はそう言った友助を眺めた。

「意地を張って不幸を招いてもかまわぬと言うのか」

「このままではお藤さんは浮かばれません」

伝次郎はため息をついた。

「旦那、武田勝蔵という若殿がお藤を殺したという証拠は揃ったのではありませんか。寺の者たちも武田家のおくらという女中も、お藤の首に絞められたような指痕があったと言っているんです」

与茂七が顔を向けてくる。今夜はめずらしく酒に手をつけていない。

「証言があったとしても、お藤はもうこの世の者ではない。首にあった指痕を見ることはできぬ。つまり、それは話だけで終わる。若殿が罪を問われても、おのれの仕業ではなく、あくまでもお藤は首を吊って死んだと言い張れば、咎めを受けることはないだろう」

「何人もお藤の死を不審に思っていてもですか……」

「疑う者がいても、それを証拠立てるものはない」

「じゃあ、どうすりゃいいんです」

「ほとぼりが冷めるのを待つか、武田家の手の及ばぬところで暮らすか……」

「そんな馬鹿な」

与茂七はぐい呑みをつかむと、そのまま一気に酒をあおった。

「旦那、明日は牛田に行くので……」

それまで黙っていた粂吉が伝次郎を見た。

「そのつもりだ」

伝次郎はそう言ったあとで、友助に顔を向け、武田家の者は牛田にも調べの手を伸ばしていると考えた。

「沢村様、明日、わたしも牛田に連れて行っていただけませんか」

伝次郎は短く考えてから、よかろうと答えた。

二

翌朝は薄曇りで北風が強かった。冷たい風が身にしみるが、伝次郎は猪牙舟を与茂七にまかせ牛田へ向かわせた。

舟には粂吉と友助が乗っている。武田家の者に見つかってはことなので、友助には頬っ被りをさせ、股引を穿かせ綿入れの羽織を着せていた。傍目には粂吉と同じ小者にしか見えない。

与茂七の漕ぐ猪牙舟は大川の流れと、向かってくる北風に逆らってゆっくり進んだ。岸辺の薄は強風になびき、柳は大きくたわんでいた。

伝次郎は寒さに耐える鳥のようにうずくまって座っている友助に声をかけた。

「今日そなたの親戚のことがわかるかもしれぬ。親戚がそなたを預かってくれるなら、しばらく世話になったらどうだ」

友助はゆっくり顔をあげ伝次郎を見た。

「そんな親戚がいるでしょうか？　わたしの生みの両親は貧乏でした。親戚も同じ貧乏をしていると思われます。それにわたしは親戚の顔を覚えていません。親切にしてくれるかどうか……」

「それは会ってみなければわからぬことだ」

「そうでしょうが……」

友助は気乗りしない顔で、百本杭に視線を逃がした。猪牙舟は両国橋を抜けたところだった。

「この先、侍奉公はできぬのだ。それはわかっておろうな」

友助は顔を戻してうなずいた。

「願わくば、武田家の追捕がなくなることだ」

伝次郎はいかにしたら、そうできるかを考えている。

「それは若殿様の一存にかかっています。とはいえ、若殿様は執拗な人です。わたしを血眼になって捜しているのはわかっています」

「その手から逃げることを考えなければならぬ。それがいまは肝要なことだ」

友助は黙り込んでうなだれた。

「友助、お藤が死んだことで……」

「死んだのではありません。殺されたのです」

友助はさっと顔をあげて言った。

「うむ。そうであったな。だが、そなたがいくら気に病んでもお藤が生き返ることはないのだ。罰せられるべきは武田勝蔵という若殿であろうが、よほどのことがないかぎり、罪を被ることはない。存じておろうが、武家に雇われている奉公人は、あくまでも主人の言いなりだし、意に服うしかない。それが武家での慣例なのだ」

「承知しております」

友助は暗い顔でうつむく。

「剣術はいつからやっている」

伝次郎は話題を変えた。

「赤星家の養子に入ってすぐです」

「武田家でも稽古をしていたのか？」

「はい。給人の中村秀太郎様が師範となって稽古をつけてくださいました。それから若殿様にもときどき稽古の相手をさせられました」

「そなたは筋がよい。稽古次第で腕はあがるはずだ。もし武田家の追捕がなくなった暁には、その道を究めてみてはどうだ」

「剣術家になれとおっしゃるので……」

「むろん、鍛錬次第だ」

友助は澄んだ瞳を輝かせた。

「剣術家として生きていけるなら、骨身を惜しむつもりはありませんが、果たしてわたしにできるでしょうか」

「そなたは若い。剣術家でなくとも、道はいくつも拓けている。その道を切り拓くのはおのれ次第ではあるが……」

昨夜、伝次郎は友助をいかにしたら救えるかということを千草と話し合った。

結論は、友助を武田家の追っ手から逃がしてやることだった。話し合いを武田家に求めても、おそらく受け入れられないであろうし、友助の所在をあかせば、身柄を拘束され屋敷に連れ戻される。

そのあとのことは武田勝蔵の胸先三寸で、友助は手討ちにされるかもしれない。たとえそうなったとしても、勝蔵が裁かれることはないだろう。

伝次郎は流れゆく冬景色を眺めながら、親戚の家が友助を預かってくれることを願わずにはいられない。いまはそれが最善の道だと考える。

「旦那、あそこにつけます」

鐘ヶ淵に猪牙舟を乗り入れた与茂七が、先日舟をつけた桟橋を示した。

四人は舟を降りて岸にあがると、名主・石浜彦右衛門の家に向かった。吹き荒れる風に茅や薄の藪がさわさわと音を立てていた。

野路のそばにある木立から枯れ葉が舞い飛んでいた。

「これは沢村様……」

石浜彦右衛門宅を訪ねると、大きな声で迎え入れてくれた。

「友助の親戚はわかっただろうか？」

相手が耳が遠いとわかっているので、伝次郎は声を張って訊ねる。戸口の外で待っている与茂七たちにもその声は届いているはずだ。

「わかりました。二軒ありますが、六助どんの兄が隅田村の三才におります。綾瀬川の向こうになりますが、さほど遠くではありません」

三才というのは牛田と同様の小名である。

「名はなんと申す？」

「五兵衛です。もうひとり仁助という親戚がおりますが、こちらは千住宿の西にある本木村ですから、ちょいと離れております。聞いたところ、仁助のほうは子だくさんで食うや食わずの暮らしをしているということです」

「五兵衛の家はすぐわかるだろうか？」

「三才に行けばわかるでしょう。江戸の町のように人の多いところではありませんから。それから、昨日のことですが、六助の倅を捜しているお侍がこの村を訪ねてきたそうです」

「それは誰かの話か？」

「千吉という村の者です。友助の実家はどこだと聞かれたので、家は大水で流され、親はそれで死んだと教えたら、あきらめ顔で帰っていったということですが、沢村様のお知り合いの方でしょうか……」

彦右衛門は目をしょぼつかせて見てくる。おそらく来たのは武田家の家来だろう。

「知り合いではないが、何人いたか聞いておらぬか？」

「お侍が三人で中間がひとりついていたと聞いております」

「さようか」

武田家の者がこの村に来ているなら、昨日のこととはいえ用心しなければならない。

伝次郎は礼を言って彦右衛門の家を出た。

「隅田村の三才だ」

伝次郎は与茂七らに言って、猪牙舟を舫っている桟橋に引き返した。

三

桟橋の近くまで来たとき、友助は立ち止まって背後を振り返った。気づいた伝次郎が、いかがしたと聞くと、

「思い違いかもしれませんが、わたしが小さかった頃と村の景色が変わったように見えるんです。わたしの家はあのあたりにあったはずですが……」

友助は一方に見える林のあたりを指さし、昔を偲ぶような顔で眺めた。幼い頃の記憶がぼんやりと脳裏に浮かぶが、よく思いだせない。わたしはこんなところで生まれたのかという感慨が胸のうちに湧いた。

「このあたりは大水に浸かったらしいから、土地の様子も変わったのだろう」

友助は背後から声をかけてきた伝次郎を振り返った。

「沢村様、わたしの両親の墓などないのでしょうか……」

伝次郎は一瞬、はっとしたように目をみはり舌打ちをした。

「すまぬ。さっき聞いておけばよかったな」

友助は「ふう」と、短い吐息を漏らしてから、

「三才の親戚が知っているかもしれませんね」

と、言った。

「そうだな」

猪牙舟に乗り込むと対岸の村に上陸した。隅田村である。

伝次郎が出会った百姓に三才の五兵衛を知らぬかと問えば、

「五兵衛さんなら、この道をまっすぐ行ったところに二本杉があります。そのすぐそばの家です」

と、鍬（くわ）を担いだまま教えてくれた。

二本杉のそばには二軒の家があった。どちらの家だろうかと思いながら、庭に鶏を放し飼いにしてある家を訪ねると、そこが五兵衛の家だった。

戸口で伝次郎に応対した女房は、少し緊張の面持ちだったが、

「これにいるのは牛田の六助の倅・友助だ」

と、伝次郎が紹介すると、女房は目をしばたたきながら驚いた。

「ほ、ほんとに友助……」

「はい」

友助が一歩前に出て答えると、女房は片手を口にあて、目をまるくした。

「あんた、ほんとに友助かい。そういや、そうだね」

女房はそう言ったとたん、家の奥に声をかけた。

「あんた、あんた！　友助が来たよ。六さんの倅の友助が来たよ！」

それからすぐ、野良着姿の小柄な亭主が出てきた。伝次郎たちを見て、やはり女房と同じように驚き顔をしたあとで、友助を凝視した。

「おめえ、ほんとに……」

「六助とたみの長男、友助です。わたしのこと覚えておいでですか？」

友助は五兵衛とその女房を交互に見た。

「ああ、そうだ。おめえは友助だ。でも、なんで……」

「牛田に行ったら親が水に呑まれて死んだと聞きました。それで、こちらにわたしの親戚があると聞いてやってきたんです」

「そうだ。六助はおれの弟だった。いや、ずいぶん大きくなったな。養子に行ったのは知ってるが、いまはどうしてんだ」

五兵衛が聞くそばから、女房が家のなかで話したらいいじゃないかと勧める。

「そこの縁側で結構です」

友助が言うと、五兵衛はうなずいて縁側にいざなった。女房がすぐに茶の支度をすると言って家のなかに消えると、友助は伝次郎たちを紹介した。

五兵衛はぺこぺこ頭を下げて、どうぞその辺に座ってくれと縁側を促す。

「おじさん、と呼んでいいですよね」

「ああ、おめえはおれの甥っ子だからな。それでいまはなにしてんだ。お武家に養子に行ったんじゃねえか」

友助は赤星家のことを簡略に話し、武田家のことは話さないほうがいいと思い、侍奉公をしていたと言葉を濁した。

「そうかい。養子先の親を亡くしちまったのかい。そりゃ気の毒だったな」

「あの、うちの親は水に呑まれて死んだと聞きましたが、墓はどうなっているんでしょうか？」

「そうなんだよ。ひどい大水で、この辺もずいぶんやられちまったが、ここはなんとか無事でよかった。墓も流されたか沈んだかわからねえんで、卒塔婆だけ立ててある。なにせ亡骸も見つからなかったからな。仮の墓はあそこだ」

五兵衛は庭の隅にある粗末な卒塔婆を指した。友助はため息をついた。じつの親が死んだと聞いても、友助には悲しみの感情は湧かなかった。

そんな自分をふしぎに思ったが、卒塔婆を眺めているうちに目頭が熱くなった。自分が舟で連れられていくとき、川岸を追いかけてきた母親の姿がまざまざと甦った。あのときは両親を恨んだが、いまは産んでくれ育ててくれたことに感謝している。

（おっかぁ、おとう）

友助は卒塔婆を眺めながら、胸のうちで呼びかけた。

五兵衛の女房が茶を運んできてみんなに配った。

「あの、わたしにはおかずという妹がいたんですけど、おかずも死んだんでしょうか？」

五兵衛は女房と顔を見合わせてから、友助に視線を戻した。

「おかずは生きてるよ。浅草（あさくさ）の鶴（つる）屋っていう反物（たんもの）問屋でお店（たな）奉公しているよ」

「まことに……」

友助は目を輝かせた。

「その店は浅草のどこですか？」

「行ったことないから浅草のどこかはわからないけど、藪入りのときに遊びに来てくれるんだよ。きれいな娘になってねえ」

女房が言った。友助はおかずに会おうと心に決めた。自分のことを覚えているだろうかという不安もあるが、唯一血のつながった妹である。

「ひとつ頼みがあるのだが、聞いてくれぬか」

伝次郎が話に割り込んできた。五兵衛と女房はなんでしょうと訊ねた。

「友助をこの家で預かってくれないか。長いことではない。しばらくの間でよいのだが」

五兵衛夫婦は戸惑いながら、それは気が進まないという顔をした。その表情の変化を敏感に見た友助は、すぐに口を開いた。

「いえ、それは結構です。沢村様、わたしはひとりで生きていきます。ご親切は痛み入りますが、おじさんたちに迷惑はかけられません」

伝次郎が黙って見つめてきた。

「そう決めているのです」

友助が言葉を足すと、伝次郎は黙ったままうなずいた。

「おじさん、また遊びに来ます。どうかお達者で……」

「おいおい、もう行っちまうのかい」

五兵衛は慌てたが、友助はにっこり微笑(ほほえ)み、

「また会いに来ますから」

と言って、両親の墓へ歩いて行った。粗末な卒塔婆には六助とたみという文字がかすれていた。友助は両手を合わせ、頭(こうべ)を垂れた。

四

「友助、ほんとにいいのかい……」

猪牙舟に戻る途中で、与茂七が友助に声をかけた。

「ええ、おじさんとおばさんに言ったとおり、わたしはひとりで生きていきます」

与茂七が伝次郎を見てきた。伝次郎はなにも言わなかった。友助にそれなりの覚悟と考えがあると思ったからだ。

「だけど、妹が生きていてよかったな」

「はい。落ち着いたら会いに行こうと思います」

友助は五兵衛の家のほうを一度振り返った。伝次郎も釣られたように振り返った。五兵衛夫婦が家の前に立って見送っていた。

「旦那、それでどこへ行きます?」

先に猪牙舟に乗り込んだ与茂七が聞いてきた。

「家に帰る」

伝次郎が答えると、与茂七は棹で岸壁を突いて猪牙舟を滑らせた。

空は曇ったままで風は相変わらず冷たかった。空をわたる鴉が、風にあおられていた。

「旦那、どうするんです?」

舟のなかに腰を据えた伝次郎に、粂吉が顔を向け、ちらりと友助を見た。言いたいことはわかるので、伝次郎は小さくうなずいた。

友助をこのまま匿っているだけでは二進も三進もいかない。より安全な方法を考えてやらなければならないが、それは友助次第でもある。

猪牙舟は流れに乗って風を切りながら下っている。水押は小さな飛沫をあげている。友助は舟縁をつかんだまま、町屋の景色を眺めていた。なにやら考えをめぐらしている顔つきである。

「友助、この先どうする?」

猪牙舟が吾妻橋(あずま)に近づいたときに、伝次郎は声をかけた。

「はい。そのことを考えていました。帰ったらあらためてお話ししたいことがあります」

伝次郎は短く見つめてから、わかったと応じた。

「友助、おまえの妹は浅草の鶴屋って反物問屋ではたらいているんだな。店がどこにあるかわからねえが、探してみるか……」

与茂七が棹(さお)を操りながら声をかけた。

「お気遣いありがとうございますが、今日はよしておきます」

「探すんなら付き合ってやるぜ」

「それには及びません。自分で探しますので……」

「遠慮はいらねえのに」

与茂七はちっと舌打ちをした。

猪牙舟が亀島橋の舟着場につくまで、友助は物思いに沈んだ顔をしていた。そんな様子を見ていた伝次郎は、いやな予感が心の片隅に浮かんだが、口には出さずに自宅屋敷に戻った。

「いかがでしたか？」

千草がすぐにやってきて伝次郎たちに声をかけた。

「親戚に会うことができた。それから妹が生きているのがわかった」

伝次郎はざっとそのことを話してやった。

「それはよかったわ。会いに行ってあげなきゃなりませんね」

千草は友助に微笑む。

「ええ、近いうちに会いに行こうと思います。わたしのことを覚えているかどうかわかりませんが……」

「覚えているに決まっていますよ。きっと喜んでくれるわよ。楽しみができてよかったわね。表は寒かったでしょう。いまお茶を淹れますから、火鉢にあたってください」

千草が台所に下がると、伝次郎たちは座敷にあがり、火鉢を囲んで座った。

「沢村様、いろいろとお世話になりました。もうこれ以上ご厄介になることはできません」

友助があらたまった。

「どういうことだい？」

即座に与茂七が聞いた。

「ご迷惑のかけどおしで、心苦しいのです」

「そんなこたァねえさ。ねえ、旦那」

「いえ、もう十分でございます」

「どうする気だ？」

伝次郎が聞いた。

「はい。このままお暇（いとま）したいと思います」

「それでいかがする。行くところがあるのか？」

「頼れる人がいますので、その人を訪ねます」

「それはどこの誰だね？」

友助は視線を彷徨（さまよ）わせた。嘘だと伝次郎にはわかった。

「昔の知り合いです。きっと力になってくれるはずです」

「その知り合いはどこに住んでいるんだ？」

与茂七が聞いた。粂吉がちらりと伝次郎を見てきた。伝次郎は小さくうなずく。

粂吉も友助が偽っていると感じているのだ。

「本所です。家の近くに住んでいた友達がいるんです」

「昔の赤星家の近くにいるのか？」

友助は暗にうなずき、伝次郎に正対した。

「沢村様、散々ご迷惑をおかけしたうえに、こんな頼み事をするのは厚かましいと承知していますが、少しお金を貸していただけませぬか。必ずお返ししますので」

「いかほどだ」

「一両ほどお願いできませんでしょうか」

友助は両手をついて頭を下げた。

伝次郎は短く眺めてから答えた。

「よかろう。これからその友達を訪ねるのだな」

「はい」

伝次郎は財布から小粒（一分金）を四枚出してわたした。

友助はそれを押し戴くと、与茂七に借りている着物の礼を言い、また茶を運んできた千草にも草履の礼と世話を焼いてくれたことへの礼を言った。

「それじゃ、これから行くのね。気をつけてよ。あなたを捜している人がいること忘れてはいけませんよ」

「承知しています」

友助は再度伝次郎たちに挨拶をし、そのまま家を出て行った。

「粂吉、与茂七、尾けるのだ」

伝次郎は友助の足音が聞こえなくなると、すぐに指図し、

「いや、おれも行こう」

と、腰をあげた。

五

友助はなるべく人と顔を合わせないようにうつむいて歩いた。懐にあった手拭いで頬っ被りをしているが、武田家の家来と顔を合わせれば気づかれるかもしれないという怖れもあった。

それでも足は薬師小路の武田家に向かっている。若殿が登城しているか、非番な

のかそれはわからなかった。

基本、武田勝蔵が三日勤めだというのは知っているが、番方のお役はときどき登城日が変わることがある。なにゆえそうなるのか友助にはわかっていなかった。上つ方のことは侍奉公をしている下々の者にはわからない。

今日は様子を見るだけだと、友助は心に決めていた。八丁堀を抜け、三十間堀沿いの河岸道を辿り、芝口橋から通町に出た。

冷たい北風が吹き抜け、顔にあたってくる。綿入れの半纏をたくし込むようにし、背中をまるめて歩く。すれ違う町の者たちも、肩をすぼめて歩いていた。

芝口三丁目を過ぎ、源助町に入ったとき、なにか刃物を買おうかと考えた。近くにある刀屋が目についたが、買う金はない。ならば庖丁でもと思い、刃物屋を探した。

しかし、すぐに思いとどまり、源助町の外れで右の路地に入った。目をつむっていても武田家への道筋はわかる。

次第に胸の鼓動が速くなった。勇を鼓してはいるが、見つかって捕まれば殺されるという恐怖もある。それでも下腹に力を入れて、武田家のある薬師小路に入った。

表門は閉まっているだろうが、表を歩くのは控えたほうがよいと考え脇の路地に飛び込み、屋敷の裏道に入った。

唇がわなわなとふるえた。寒さのせいもあるが、恐怖もある。勝手口は閉まっていた。屋敷からはなんの音も声も聞こえてこない。

武田家をやり過ごすと、愛宕下の通りまで歩いた。途中で二人の侍に出会い、どきっと心の臓が跳ねあがったが、相手は自分のことなど意に介さずに歩き去った。

(やはり今日はやめよう)

気持ちが臆し、通りを眺めた。薬師小路の入り口まで行って、武田家の表門を眺めた。寒風が吹き流れているだけで、通りは閑散としている。

しばらく閉まっている表門を眺めてその場を離れた。行くあてはない。頭に浮かんだのは、妹・おかずの顔だ。その顔はまだ幼い。四つぐらいの顔しか記憶にはない。

五兵衛の女房はきれいになったと言ったが、どう変わっただろうかと思う。

このまま浅草へ足を運び、おかずが奉公にあがっている鶴屋という反物問屋を探そうかと考えた。

（それもいいかもしれない）

だが、その考えを頭を振って否定した。会ったところでどうにもならない。それに股引に紺看板に梵天帯を締め、綿入れの羽織姿ではあまりにもみすぼらしい。こんななりで会ってもしかたがない。

（でも、顔を見に行こうか。遠くから元気な姿を見るだけでも……）

友助は迷った。迷いながらも足は通町に戻っていた。

前から歩いてくる侍の姿を見ると顔を伏せた。足許を見ながら歩きつづける。みじめな気持ちがだんだん強くなった。沢村家で世話をしてもらったことに感謝をし、

（かたじけのうございます。かたじけのうございます）

と、胸のうちでつぶやくと、胸が熱くなり、思わず泣きそうになった。

沢村家で受けた思いやりが胸にしみている。

そして、わたしはなにをしているのだろうかと、自分に問うた。お藤を殺した武田勝蔵に仕打ちを与えたいと考えたが、それは容易にできることではない。

武田勝蔵には常に供がついている。外出をするときも登下城のおりにも取り巻き

がいる。とても近づけはしない。

友助は歩きながら深いため息をついた。日本橋を過ぎ、両国広小路まで来たとき日が暮れかかった。その日は朝から曇っていたので、暗くなるのが早いのだ。

武田家に近づいたときの恐怖はうすれていた。今夜はどうしようかと考えた。どこか安い宿に泊まるしかない。懐には一両あるから、二、三日は安宿で夜露はしのげる。

御蔵前を素通りし、駒形堂の前まで来たとき、果たして鶴屋という反物問屋はどこにあるのだろうか、どうやって探せばいいのだと立ち止まった。浅草と一口に言っても広い。

(浅草のどこだろう……)

商家の看板を眺めて鶴屋を探したが、そんな店は見あたらなかった。

友助はそこまで来て途方に暮れた。

「旦那、どうします？」

粂吉が顔を向けてきた。

伝次郎は尾行している友助の様子を窺った。浅草に来たのは、妹のおかずの店を探すためだろう。それにしてもなにを考えているのだと、伝次郎は路地の角に身を隠しながら、途方に暮れたように立ち止まっている友助を見た。

「もう少し様子を見よう」

「連れ帰ったほうがいいんじゃないですか」

与茂七はそうしたい口ぶりだ。だが、伝次郎はここで説得しても、友助は折れないだろうと考える。若いわりには意思の固い男だというのもわかっている。

「旦那……」

粂吉が顔を向けてきた。立ち止まっていた友助が歩きだしたからだ、浅草広小路のほうへ歩いていく。伝次郎たちも距離を取ってあとを尾けた。

すでに日は落ちかかっている。曇った雲の向こうにぼんやりとした落日がある。そして、あたりはすぐに暗くなっていった。冬の夕暮れは早い。

人の影が黒くなり、商家は暖簾を下げ、大戸を閉めはじめている。そんな商家の看板を眺めながら友助は歩いていたが、ようやくあきらめたらしく、浅草花川戸にある小さな旅籠に姿を消した。

伝次郎たちはその旅籠のそばまで行って立ち止まった。友助が入ったのは森田屋という旅籠だった。佇まいからしていかにも安宿である。

「粂吉、与茂七、今夜はそこに泊まる」

伝次郎は森田屋の反対側にある松倉屋という旅籠を示して言った。森田屋の玄関を見張れる旅籠である。

「承知しました」

粂吉が応じると、

「おれは先に松倉屋に入っている。おまえたちは友助の妹の店を探してくれ」

と、伝次郎は命じた。

「鶴屋という反物問屋ですね」

与茂七が答えた。

伝次郎は粂吉と与茂七が歩き去ると、先に松倉屋に入った。

案内されたのは、具合よく友助の泊まっている森田屋の玄関を見張れる部屋だった。

六

薄暗い行灯のあかりが仄(ほの)かに客間を満たしていた。手焙(てあぶ)りもない安宿なので、友助は隅に畳んであった布団を肩にかけて座っていた。

案内した年寄りの女中に飯はどうすると聞かれたが、いらないと答え、茶だけをもらった。

障子を開けて表を見ると、冷たい風が吹き込んできた。町屋の空は暗いが、雲の隙間にわずかな星を見ることができた。下の通りを黒い人の影が行き交っていたが、その数は少なかった。

(おかず、どこにいるのだ)

夜の帳(とばり)に包まれた町屋を眺め、それから障子を閉めた。

沢村様に不義理をしていると心が痛んだ。自分を匿ってくれ、そして自分を助けようと骨を折ってくださった恩人である。

それなのに一両を借りた。返すあてのない金だ。着物も履き物も奥方の千草さんにあてがってもらった。

申しわけないですと胸中でつぶやき、大きなため息をついた。部屋が冷えているせいか、その息が白くなった。

明日はおかずの店を探し、おかずを遠くからでもよいから眺めて、もう一度武田家に行こうと考えている。

自分は追われている。捕まれば手討ちにされる。ならば、刺し違えてでもお藤の敵（かたき）を取ってやる。強く口を引き結び、壁の一点をにらむように見た。

やってできないことはないはずだ。そうしなければ、お藤の死は無駄になる。仏となったお藤は浮かばれない。

立てた両膝に顔をうずめると、あのときに聞いたお藤の苦しそうな呻き声が聞こえるような錯覚に陥った。

お藤は、やめてください、お願いです、やめてくださいと懇願していた。それなのに武田勝蔵は耳を貸さなかった。そのせいで、お藤は命を落とした。

(可哀想に……)

胸のうちでつぶやきを漏らす友助は、お藤に言われた言葉を思いだした。

「つらくても苦しくても、いいほうに考えると気が楽になるんです。だからわたしはなるべく笑うようにしているんです」

そう言って、お藤はにっこり微笑んだ。

あれは、中村秀太郎という給人に、土蔵の脇に積んである薪を割れと命じられたときだ。途方もない量だったが中村は今日中にやれと言った。それは剣術の稽古中に、友助が中村の小手をしたたかに叩いた罰だった。

寸止めするつもりが間に合わずに打ってしまったのだ。友助は必死に謝ったが、手を痛めた中村は許してくれなかった。

薪は割っても割ってもなかなか減らなかった。しまいには手に血豆ができ、それが破れて血が噴きだした。泣きたくなったが、涙を堪えて身体を動かしつづけた。気がついたときには日が暮れていた。

その様子をお藤は見ていたらしく、水を持ってきてくれ、いいほうに考えると気が楽になると励ましてくれた。

「薪割りも鍛錬だと思えばよいのですよ。薪割りのおかげで力がついて強くなれば、それはそれでよいのではないでしょうか。へこたれないでください」

あのとき、友助は言われるとおりだと思った。だから、気持ちを切り替えて、これは鍛錬だとおのれに言い聞かせて薪を割りつづけた。そして、その仕事を終えると、自分に薪割りを命じた中村秀太郎は、

「ほんとうにやってのけやがった」

と、あきれたような顔で驚き、よくやったと褒めてくれた。へとへとに疲れていたが、嬉しかった。お藤のおかげだと感謝した。

その夜、長屋に引き取った友助に、お藤は血豆が早く治るようにと薬を持ってきてくれ、夜食用にとにぎり飯をわたしてくれた。

いつも気取りのない笑みを浮かべていたお藤。そんなお藤は女中たちの人気者だった。瞼（まぶた）の裏に浮かぶお藤の顔はいつも笑顔だ。

ぐう、と腹の虫が鳴いたところで友助は我に返った。寒さが厳しくなっていた。腹は減っているが明日の朝までの我慢だと、自分に言い聞かせ、夜具をのべて布団にくるまった。

伝次郎が旅籠・松倉屋の客間に収まって半刻（はんとき）（約一時間）ほどして、粂吉と与茂

七がやってきた。

「鶴屋という反物問屋は浅草八軒町(はちけんちょう)にありました」

条吉が報告した。

「それで、おかずという友助の妹は……」

「下ばたらきの女中をやっているそうです。詳しくは聞きませんでしたが、友助の妹に間違いないようです」

与茂七が言った。

「おそらく、友助は明日の朝、その店を探しに行くだろう。妹に会うかどうかはわからぬが……」

「なにを考えてんでしょうね」

与茂七が疑問をつぶやく。

「ひょっとすると、武田勝蔵の命を狙うつもりかもしれぬ」

「そんなことできっこないでしょう。相手は大身(たいしん)旗本、しかも書院番の組頭なんでしょう。何人も供廻りがついてるんじゃないですか」

「おそらくそうだろうが、隙を狙うつもりかもしれぬ」

「馬鹿なことを。これからそこの宿に行って説得したらどうです」

「言い聞かせても聞く男ではない。首に縄つけてうちに連れ帰ることもできるが、そのあとどうするかだ。いずれ友助はどこかへ行くだろうが、武田勝蔵への遺恨を晴らそうとするかもしれぬ」

「ひどい折檻を受けてもいるし……」

粂吉が神妙な顔で言う。

「おれが諄々と説き伏せようとしても、耳を貸さないかもしれぬ」

伝次郎はそう言いながら友助の澄んだ瞳を思い浮かべる。純真無垢な者の心が傷ついたときどんな行動に出るか。

気持ちの弱い者は悄気て気持ちが塞ぐ。気持ちの強い者は、傷つけられたことに強く反発し、予想できない行動を取ることがある。友助は後者にあてはまると、伝次郎は考えていた。

「とにかく様子を見よう」

伝次郎はそう言ったあとで、帳場に行って寝酒をもらってこいと与茂七に命じた。

七

福田祐之進が門長屋で寝支度をしていると、屋敷の下僕が若殿様がお呼びですと告げに来た。

祐之進は何事だと思い、ひょっとすると友助を逃がしたことを咎められるのではないかと気持ちが竦(すく)んだ。しかし、呼ばれたからには行かなければならない。

今日まで友助が逃げたことに対して、ひどい咎(とが)めは受けていない。自分が閂(かんぬき)をゆるくしていたせいで友助が勝手に逃げたと言い訳をしていた。その粗相を叱責(しっせき)されはしたが、それだけであった。

しかし、こんな夜更けに呼び出しを受けるのはよほどのことである。祐之進は戦々恐々(せんせんきょうきょう)として、勝蔵の待つ座敷横にある次之間を訪ねた。声をかけると、「入れ」という落ち着いた声が返ってきた。

「失礼いたします」

祐之進は作法通りに部屋のなかに入った。丸火鉢があるので部屋のなかは暖かかった。そこへと促されたので、勝蔵の正面に座った。

「おぬしと友助は同じ長屋であったな」

勝蔵は鋭い切れ長の目で見つめてくる。

「ははっ」

「やつとはいろいろ話をしたであろうが、友助が逃げているところに心あたりはないか。先にこのことを訊ねておけばよかったのだが、どうであろう」

「わたしもそのことは考えておりましたが、見当がつきませぬ。と、申しますのも、友助の身内のことや知り合いのことを聞いたことがないからです」

これはほんとうのことだった。言いながら胸がどきどきと脈打っていた。

「さような話はしなかったと……」

勝蔵は冷え冷えとした目で見てくる。

「はい」

「なにか思いだせぬか。やつを捜す手掛かりになるようなことだ」

祐之進は視線を泳がせて考えた。だが、友助が逃げ帰る場所と言えば、養父母の家のあった本所である。しかし、その家はもうないし、養父母も死んでいると聞いていたし、調べでもそうであった。

「やつには友達もあったはずだ。そのことはどうだ」

考えをめぐらしていると、勝蔵が問いを重ねた。

「それも聞いておりませぬ。まことでございます」

「なにもおぬしを疑っているわけではないが、どうにも始末に負えぬ」

勝蔵は火鉢の炭を指先で転がした。小さな火の粉が散った。

「されど、いつまでもあんな若造に拘(こだわ)っていても埒(らち)が明かぬ。腹立たしさはあるが、友助が心外な噂を立てたとしても、おれにはなんの非もないのだからな」

「…………」

祐之進はうつむく。

「ま、よかろう。見つけたときは見つけたときだ。相わかった。戻ってよい」

祐之進は咎め立てではなかったと、胸を撫で下ろした。

表に出ると、いつしか空を覆っていた雲が流され、さざれ星が浮かんでいた。

友助には逃げ切ってほしいが、祐之進は自分がこの屋敷を出るのは年季が明けてからだと決めている。

中小姓という待遇で仕えている祐之進は、年五両二人扶持をもらっている。他の武家に奉公しても、それだけの給金をもらえるところはない。

ただ、真正直で純朴な友助には逃げ切ってほしいと思う。自分が逃がさなかったら、おそらく友助はあのとき死んでいただろう。

（せっかく命拾いしたのだから……）

祐之進はそのまま自分の長屋に足を向けた。

朝餉を一階の座敷で食べ終えた伝次郎が客間に戻るなり、森田屋を見張っていた与茂七が顔を向けてきた。

「旦那、友助が宿を出ました」

伝次郎は急いで窓に寄り表を見た。森田屋から歩き去る友助の後ろ姿があった。

「追うんだ」

急ぎ帯を締め直し刀をつかんだとき、粂吉が厠から戻ってきた。

「友助が宿を出た。これから尾ける」

伝次郎はそう言うなり客間を出た。宿賃は食事の前に払っていたので、そのまま表に飛びだす。与茂七と粂吉が慌てて追いかけてくる。

友助は雷門前の広小路を上野のほうへ歩いていた。そして、しばらく行ったところにある自身番に入った。

「妹のいる鶴屋のことを訊ねに行ってるんです」

粂吉が伝次郎のそばに来て言った。伝次郎もおそらくそうだろうと思った。

昨日と違い空は晴れているが、北風は相変わらず強い。広小路には土埃が舞いあがり、商家の暖簾がめくれあがり、葦簀が倒れ、天水桶の手桶が転がり落ちていて、慌てて店の小僧が拾いに走っていた。

友助はほどなくして出てきた。そのまま東仲町の角を折れて南に向かう。商家はどこも商売をはじめている。仕事に向かう職人の姿も見られた。

友助は三間町の自身番に入った。伝次郎たちは様子を窺って待つ。友助はすぐに出てきた。懐から手拭いを出して頬っ被りをして、近くの小路に入った。

「やはり鶴屋に行くんです。鶴屋はすぐ先です」

粂吉が確信のある顔でつぶやく。友助は鶴屋の場所を聞き出したらしく、歩き方に迷いがなかった。

案の定、友助は鶴屋という看板のある店の近くで立ち止まった。そこは浅草八軒町で、鶴屋は表間口四間（約七・三メートル）ほどの反物問屋だった。店の戸は閉まっていて、奉公人たちの姿はない。

友助は近くの路地に入ると鶴屋の裏にまわり、裏木戸のそばで立ち止まった。しかし、裏木戸は閉まったままで、女中などの奉公人が出てくる様子はない。それでも友助は裏木戸の前に佇んでいた。おかずという妹が出てくるのを待っているのだとわかる。路地を寒風が吹き抜け、板塀にのぞいている木々の枝を揺らした。

小半刻ほど友助は動かなかった。そして、裏木戸も開かなかった。あきらめたのか、友助は歩き去った。

そのまま町屋を抜け、御蔵前の通りに出ると、浅草橋の近くにある刃物屋に入った。出てきたとき、晒に巻いたものを懐に入れるのが見えた。

「どうします。やつは庖丁を買ったのでは……」

条吉が顔を向けてきた。伝次郎は高く晴れわたった空を見た。時刻はまだ五つ（午前八時）前だ。武田勝蔵の登城時刻はおそらく四つ（午前十時）。屋敷を出るのは五つ半（午前九時）過ぎだろう。それには十分間に合う。

友助は両国広小路を抜けると、馬喰町から横山町に入るとまっすぐ西に向かい、通町に出ると、あとはまっしぐらに愛宕下にある武田家の屋敷近くまで来た。

友助は大名家の長塀の角に控えている。武田家の表門までほどない距離だ。

「旦那、もう止めたほうがいいんじゃないですか。やつがなにをしようとしているかわかっているんです」

低声で言う与茂七は焦れたように足踏みをした。そのときだった。武田家の表門が開き、数人の家来が姿をあらわして跪いた。武田勝蔵が出てくるとわかった。

第五章　覚悟

一

「旦那」

与茂七が駆けだそうとしたので、伝次郎は袖をつかんで止めた。

「待て」

友助は賢い男だ。いまここで無茶をすれば、身の破滅だというのはわかっている。

案の定、友助は武田家に背中を向けた。

そのとき、門から四人の若党と小姓が。つづいて馬。その背後に二人の挟箱持ちと草履取り。さらに供侍。合わせて十二人。

馬には武田勝蔵が乗っている。友助が決死の覚悟で斬り込んだとしても、返り討ちにあうだけだ。それに、友助の武器は刀でなく庖丁である。

伝次郎のいる場所から門内の様子は見えなかったが、友助の位置からだとすべてが見えていたはずだ。

武田勝蔵の一行は江戸城に向かって進んでいった。おそらく登城口は内桜田門だろうが、友助がそこまでついていくとは思えない。

武田勝蔵一行を見送ったとき、友助の姿が消えていた。

「友助は……」

伝次郎はそう言って大名家の角から歩き出て、友助が身をひそめていた小路に足を向けた。

「旦那、捕まえます」

与茂七がそう言って駆けていった。だが、友助のいた場所まで行って振り返った。ぽかんとした顔で、「いません」と言う。

伝次郎と粂吉も与茂七のそばへ行った。そこは両側を大名屋敷に挟まれた小路で、突きあたりは増上寺である。友助の姿は消えていた。

「捜すんだ」

伝次郎は足早に歩き、途中の路地を見て行く。姿がなければつぎの路地、そしてまた先の路地と見ていったが、友助はどこにもいなかった。

「どこへ行きやがったんだ」

与茂七があたりに視線をめぐらした。

「粂さん、愛宕下の通りを頼みます。おれは通町のほうを捜します」

「与茂七、粂吉、芝口橋で落ち合おう」

伝次郎は二人に言うと、増上寺のほうへ足を急がせた。あたりに目を配りながら友助の心中を考えた。武田家に来たのは、おそらく武田勝蔵を討つためだろうが、それは女中のお藤の遺恨を晴らすためかもしれない。あるいは逃げまわるくらいなら、窮鼠猫を嚙むの心境で、討たれる前に討ち取ろうという覚悟かもしれない。

いずれにしろ、その選択は無謀である。もし、思いを果たすための行動を取ったとしても、友助にとっていいことはなにひとつない。

これ以上の無謀は止めなければならない。そして、先のことを考えてやらなければならないが、そのためにはどんな手立てがよいか、伝次郎にはまだ考えがまとまっていなかった。

小半刻後に、芝口橋で粂吉と与茂七と合流したが、二人とも友助を見つけられずにいた。

「どうします？」

与茂七が聞いてきた。

「捜すしかないが、困ったことにどこへ行ったか見当がつかぬ」

「友助はもう一度武田の若殿様を狙うのでは……」

通りに目を配っていた粂吉が伝次郎に顔を戻した。

「かもしれぬが……」

伝次郎はゆっくり歩きだした。そのまま通町を京橋のほうへ向かう。視線を遠くに飛ばしたり、脇の路地に注意の目を向けるが、友助らしき男の姿はなかった。

尾張町の外れにある茶屋に立ち寄り、三人並んで床几に腰を下ろした。

「与茂七、おまえは友助といろいろ話しているが、友助の知り合いのことを聞いておらぬか？」

「それはおれも考えたんですけど、やつが頼れるような友達や親戚のことは話していないんです。牛田で生まれ育ち、五つのときに赤星家の養子になったことぐらいで……」

「本所には友達のひとりくらいいてもよさそうなものだが、それもわからぬか」

伝次郎はため息をついて茶に口をつける。

こんなことなら、昨日強く引き止めておけばよかったという後悔があった。

「友助にはまったく行くところがないんでしょうかね」

粂吉がぽつりとつぶやいた。

「行くとこがあったとしても、おれたちにはわからないじゃないですか……」

与茂七が言葉を添える。

「友助は本気で若殿様への意趣返しを考えていたんでしょうか？」

粂吉が言う。

「そうではなく、武田家の奉公人の誰かに会うために、様子を見に行ったとは考えられませんか？　お藤と仲のよかった女中とか、他の奉公人とかに……」

「あ……」

与茂七が目をみはった。

「ひょっとすると、そうかもしれません。友助は同じ門長屋に住んでいた福田祐之進と仲がよかったと話しています。そして、その福田という者が自分を逃がしてくれたと言っていました」

伝次郎のこめかみの皮膚がぴくりと動いた。

「そうか、その福田という奉公人を頼るために……」

言葉を切った伝次郎は、その推量は外れていないかもしれないと考えた。もし、そうなら福田祐之進に会わなければならない。会えば友助を捜す手掛かりを引きだせるかもしれない。さらに、武田家の動きもわかる。

「福田祐之進に会うためには……」

伝次郎は通りの反対側にある店の暖簾を凝視して、千草に動いてもらおうと考えた。

「旦那、なんです？」

与茂七が顔を向けてくる。

伝次郎はいま考えたことを話して、

「家に戻ろう」

と、床几から立ちあがった。

二

「呼びだすことができて、お話ができればよいのですが、できるでしょうか……」

伝次郎から話を聞いた千草は心許(こころもと)ない顔をした。

「できるかどうかわからぬが、やってくれぬか」

「そうですね。そうしなければ、友助さんを助けることはできませんからね。わかりました。なんとかやってみます」

千草はきりっと唇を引き結んだ。

「旦那、あっしと与茂七はもう一度本所に行ってこようと思います。本所には友助を可愛がっていた青柳様がいらっしゃいますね。その方がなにか手掛かりになることを知っているかもしれません」

「うむ。やるだけのことはやろう。行ってきてくれ。おれは御番所へ行って、武田家のことを調べてくる。千草、頼んだ」

条吉と与茂七が家を出て行くと、あとを追うように千草も出かけた。

ひとりになった伝次郎は、しばらく火鉢前から動かずに、これでよいのだろうかという一抹の不安が脳裏をよぎった。

友助は不憫な境遇に違いないが、ことは旗本家のことである。町奉行所は介入できない。それをわかっていながら、余計なことをしている。

だからといって友助を放っておくことはできない。忸怩たる思いが伝次郎の心を悩ませている。

友助にとって幸いなのは、武田家に奉公にあがる際の請人が死んでいることだ。生きていれば、請人は友助の代わりに代償を求められる。つまり、友助は工藤仙之助という請人に迷惑をかけずにすんでいる。

武田勝蔵が友助捜しをあきらめることはないだろうか。都合のよい考えだが、そうしてくれたらなによりありがたい。

もうひとつ無難な道を選ぶなら、友助が武田家に関わりのない地に逃げ、そこで静かに暮らすということだ。それは友助次第である。

さらにもうひとつの救いの道があるとしたら、友助のことを許してもらえるように武田勝蔵を説得することだ。されど、相手は書院番の組頭、町奉行所の内与力並みの扱いを受けている伝次郎が対等に話せる相手ではない。

（ともあれ……）

心中でつぶやきを漏らした伝次郎は、大小を引き寄せて立ちあがると、奉行所に行くために家を出た。

道すがら、与茂七同様に友助を自分の家に引き取ってもよいと考えたが、すぐにそれはできないことに気づく。自分の屋敷と武田家は近すぎる。いつどこで武田家の者に気づかれるか知れたものではない。

逃げるのが一番だろうが、それは江戸を離れるということだ。それは、友助にその気があればの話である。

冬の日差しは弱々しくなっていた。風はさほどではないが、冷え込みは強い。町を歩く者たちの多くが、肩をすぼめていた。

南町奉行所に入ると、同心詰所を訪ねた。こんなときに頼りになるのは、同心時代から懇意にしてもらっている定町廻り同心の松田久蔵だが、あいにく出払っていることがわかった。他の顔見知りの同心もいなかった。

伝次郎は同心詰所の前で短く考え、内与力の長谷川新兵衛(はせがわしんべえ)に会った。筒井奉行直属の家来である。

「なにゆえさような調べを……」

用件を切りだした伝次郎に、長谷川は眉宇をひそめた。

「気になることがあるだけです。武田家に迷惑をかけるようなことではありません」

そう言いながらも、伝次郎は迷惑をかけることになりはしないかと危惧(きぐ)する。

「武鑑(ぶかん)を見ればすぐにわかることだ。しばし待っておれ」

長谷川はそのまま奥の間に姿を消した。

内玄関脇の小部屋で待つ伝次郎は、奉行の筒井がまだ下城していないことに、少し胸を撫で下ろしていた。こんなときには奉行と顔を合わせたくなかった。

長谷川が調べに行った武鑑には、諸国大名家から幕臣までの詳細が記されている。旗本の場合は家紋や石高(こくだか)、屋敷地をはじめ、当人と父親の姓名から役席や就任年次、前職や家臣のことに至るまで記されている。

これは幕府が調べた書物ではなく、江戸の大書肆(だいしょし)・須原屋(すはら)などによって調べられまとめられたものだった。時代によって改編が行われ、江戸勤番の武士が国許への土産として買って帰ることもある。

長谷川は間もなく戻ってきて、

「武田勝蔵殿は書院番組頭であるな。ご尊父も同じ書院番を務められ、頭を務めあげられた方ではないか」

と、少し驚きの色を顔に表し、武田家について大まかなことを教えてくれたが、伝次郎が知りたいことはなかった。

やはり武鑑では、そこに記載されている人の人柄まではわからないのだ。無駄足であったかと思いながら奉行所を出た伝次郎は、亀島橋まで戻ると、猪牙舟に乗り込んで本所へ向かった。粂吉と与茂七と合流するためであるが、もうその二人は調べを終えて本所を離れているかもしれない。

無駄が重なるのを覚悟して、伝次郎は猪牙舟を出した。

与茂七と粂吉は青柳惣兵衛に会っていた。

「この前も話しましたが、友助が近所の子らと遊んでいるのをあまり知らないのです。それにしても、いったいどういうことでございましょう。友助がなにか粗相でもやらかしましたか？」

青柳は不審そうに首をかしげて与茂七と粂吉を眺め、

「じつは武田家の方も友助の行方を捜しに見えたのです。なんでも屋敷から逃げだしたということでございましたが……」

と、言葉を足した。

それを聞いた与茂七と粂吉は顔を見合わせた。

「それでなんとおっしゃいました？」

粂吉が問うた。

「なにがあったか知りませんが、友助とはもうずいぶん会っていませんし、うちにも来ていませんから、わからないと答えただけです。なにゆえ、奉公先から逃げたのかそれを聞きましても、お答えになりませんで……」

青柳は目をしばたたいて、殿様の勘気に触れたのではないかと心配していると言葉を足した。

「そのご家来が見えたのはいつです？」

「つい先ほどでございますよ」

与茂七は粂吉とまた顔を見合わせた。しかし、青柳は友助の幼友達に心あたりはなさそうだ。ならば、昔、赤星家のあった近所に聞き込みをかけるしかない。

与茂七は礼を言って粂吉と、青柳家をあとにした。

「粂さん、武田家は友助捜しをあきらめていないってことです」

「そのようだな。とにかく聞き調べをして友助の知り合いを捜そう」

二人は赤星家のあった南割下水に近い武家地を訪ねて聞き込みを開始した。

友助を知っている者には会うことはなかなかできなかったが、久松亀太郎という御家人宅で、やっと友助の幼なじみのことを聞くことができた。

「友助でしたら、うちの子とときどき遊んでいました。そう頻繁ではなかったと思いますが、幼いながら気の利く賢い子でした」

「久松様のご子息に会って話を聞けないでしょうか？」

与茂七は身を乗りだすようにして、髪の薄くなっている久松に聞いた。

「それは無理です。あれは武者修行の旅に出ておるんです。いずれは剣術で身を立てると申しまして、練兵館に入門をし、剣術一辺倒の男になっています。まあ、親のわたしを見て育ったせいか、これでは一生浮かばれぬと気づいてのことでしょうから、好きにさせております」

「他にも友助とよく遊んでいた仲のよかった者がいると思うんですが、それはどうです？」

「いたんでしょうが、わたしは存じておりません」

結局、なんの手掛かりもつかめずに久松家を後にするしかなかった。

南割下水沿いの道に戻ってすぐのことだった。

「おい、そこの二人」

と、背後から声をかけられた。

三

「おぬしら、なにを犬のように嗅ぎまわっている」

声をかけてきたのは小柄で固太りの男だった。二本差しだ。そのそばにも同じ侍が二人。

「なにをって……人捜しをしているのでございます」

粂吉が答えた。固太りの男は鋭い眼光でにらんでくる。

「赤星友助を捜してるのであろう。なんのためだ」

与茂七ははっとなって粂吉を見た。おそらく武田家の家士だ。友助を捜しに来ているのだ。与茂七はなんと答えればよいか、とっさに思いつかない。

「その、手前どもは赤星様に世話になった者でして、久しぶりに訪ねたところお亡くなりになったと知り、それでご子息の友助さんに会いたいと思いまして捜しているんです」

粂吉が答えた。与茂七は少し安堵したが、相手は疑い深い目を向けてくる。

「それで、どこにいるかわかったか？」

「いえ、わからないので、友助さんの知り合いが知っているのではないかと思い、訪ね歩いているんです」

固太りはずいと前に出てきた。

「おぬし、名は？」

「へえ、粂吉と申します。こっちは与茂七と申します。お侍様は……」

「おれは中村秀太郎。御書院番組頭・武田勝蔵様の家来だ」

やはりそうだったと、与茂七は胸中で舌打ちをした。

「友助は武田家に奉公にあがっておったが、主人に盾突き逃げている。主人への反逆は由々(ゆゆ)しきこと」

「はは、そうとは知らずに……。しかし、友助さんがなぜ殿様に……」

「そんなことはおぬしらが知ることではない。それにしても」

中村秀太郎はそう言うなりさっと刀を抜いて、粂吉の首筋に刃を当てた。身体に似合わぬ鮮やかさだった。粂吉は一瞬にして地蔵のように固まった。

与茂七は突然の成り行きにどうしていいかわからず、周章狼狽(しゅうしょうろうばい)するだけだ。

粂吉に刀を突きつけている中村は、威嚇(いかく)する眼光を与茂七にも向けた。

「きさまらどうにもあやしい。もしや、友助の居所を知っているのではなかろうな」

「し、知っていれば捜したりはしません」

粂吉の声はわずかにふるえていた。

「友助さんを捜してどうするんです？」

与茂七は勇を鼓して問うた。とたん、中村がぎろりとにらんできた。

「さようなことはおぬしらに教えることではない。武田家家中のことだ」

中村は与茂七に答えたあとで、粂吉に視線を戻した。

「粂吉と言ったな。ほんとうのことを言え。きさまらはどうにも信用ならん。なにゆえ、友助を捜しておる」

「さっき申したとおりです。どうか刀を……」

粂吉は動けずにいる。顔が青くなっていた。

「中村様、そいつら嘘をついています。信用なりません」

けしかけるようなことを言ったのは、肩幅のがっしりした若い男だった。

「ならば、どうしてくれよう」

中村はそう言うなり粂吉の襟首(えりくび)をつかむと、そのまま引き倒した。粂吉は前のめりに倒れ、両手両膝をついた。あ、と驚いた与茂七が助け起こそうとすると、脇腹を蹴られて横に倒れた。

「嘘はならん。正直なことを言え。なにゆえ友助を捜しておるんだ」

与茂七は腹を押さえてうずくまっていた。息が苦しかった。なにくそと腹が立ったが、背中を踏まれ「ぐぇ」っと、蛙のような声を漏らした。

「いえ、友助のなにを知っておる」

中村に背中を踏まれて動けなくなった。片頬が冷たい地面にくっついた。粂吉は若い男に刀を突きつけられていた。

「おい、なにをしておる」

新たな声がした。与茂七が片目で見ると伝次郎だった。つかつかと歩み寄ってくると、

「なんの騒ぎだ」

と、中村をにらんだ。

与茂七の背中を踏みつけていた中村が足を外して、伝次郎を見た。

「なにやつだ？」

「この二人はおれの手下だ。乱暴は許さぬ」

「なにをッ。こいつらはおれに嘘をついて誤魔化そうとしたのだ。その仕置きだ」

「離れろ」

伝次郎が顎を振って中村と、若い男をにらんだ。その間に与茂七と粂吉は膝をつ

いて立ちあがり、急いで伝次郎のうしろにまわった。

「おぬし、何者だ？」

「名乗るほどの者ではないが、なにゆえ斯様な乱暴を。ことによっては許さぬ」

「なんだと……」

中村はいきり立った顔で伝次郎をにらむなり、抜き身の刀をさっと振った。瞬間、伝次郎の腕が動き、中村の刀を撥ねあげた。キーンという音とともに中村の身体が泳いだ。

「いきなり斬りつけてくるとは不届き千万。刀を引け。斬り合うつもりはない」

伝次郎は中村をにらんだ。若い男は刀の柄に手をやっていたが、そのままうしろに下がった。

「できるようだな。どこの何者か知らぬが、こやつらはおれたちが捜している男のことをあれこれ聞きまわっていた。そのことを問えば、信用ならぬことを口にする。勘弁ならぬからちょいと可愛がっていただけだ」

「旦那、この人たちは御書院番・武田様のご家来です」

与茂七の言葉に、伝次郎は眉宇をひそめた。

「おれは沢村伝次郎と申す。どういうことかわからぬ。話を聞かせてくれぬか」

「赤星三右衛門の知り合いか？」

「さよう。赤星三右衛門殿が亡くなったと知り、ご子息の友助に会いたいと思ってきたところだ。貴殿らに疑われる筋合いはない」

伝次郎の堂々とした対応に与茂七は頼もしさを感じる。

「友助を捜しているわけは、そこの二人に話してある。さようなことであったか」

中村は刀を鞘に納め、与茂七と粂吉に顔を向け、

「とんだ思い違いをしたようだ。許せ」

そう言うと、さっと背を向け、連れの二人に顎をしゃくって歩き去った。

四

福田祐之進は前を歩く中村秀太郎の背中を見ていた。ことなきを得て胸をなで下ろし、一度背後を振り返った。沢村伝次郎と二人の手下は、まださっきのところに立ち、こちらを見ていた。

中村秀太郎は大名屋敷の角を曲がると、すぐに立ち止まって、

「いまのやつら、なにか臭い。友助の父親の名をだしたが、なにか知っていると思わぬか？」

と、祐之進と鈴木勘之助を見てきた。

「わたしもそんな気がしました。あの手下の二人はなにか誤魔化す物言いでした」

勘之助が答えた。祐之進は黙っていた。たしかに誤魔化された気はしたが、友助の味方だと感じた。対する中村と勘之助は友助の敵だ。見つければ手討ちにしてよいことになっている。

「おぬしもそう思うか。あやしいな……」

中村は思案顔で肉付きのよい顎を撫でた。

「ひょっとすると友助の居場所を知っているかもしれぬ」

「いかがされます？」

勘之助が問うと、

「あいつらを見張るんだ」

と言って、屋敷塀の角に戻り、そっとさっきの場所を窺い見た。

「去って行く」

「追いますか？」

勘之助が言うのに、中村はそうしようと、もう一度自分たちが来た道をたしかめ、

「先の路地からまわりこむんだ」

と、足を急がせた。

祐之進と勘之助はそのあとを追う。祐之進はなぜこうもしつこく友助にこだわるのだと思いつづけていた。勝蔵は自分に友助のことは放っておくと言ったのだ。それなのに、中村たちに友助捜しを指図している。

そして、祐之進はその朝、勝蔵に言われた。

「祐之進、友助が逃げたのはおぬしの落ち度だ。そのことわかっておろうな」

冷たい目だった。祐之進は申しわけありませんと、ひれ伏した。

「友助を見つけたら手討ちにするが、それはおぬしの役目だ。心得ておけ」

そう言われた祐之進は凝然（ぎょうぜん）となった。まさか、そんなことは自分にはできない。

「それは……」

断ろうとしたが、声はそれ以上出なかった。

「しかと申しつけた」

勝蔵はそう言うと、さっと立ちあがって自分の部屋に引き取った。

祐之進は勝蔵が登城するために屋敷を出て行くと、中村に友助捜しをするのでついてこいと言われ、勘之助といっしょに本所に来て、友助の行方を追っていた。そのときに、友助のことを聞きまわっている男がいると知った。

それがさっきの二人だった。二人の言葉に嘘は感じられたが、友助の行方はわからぬままだ。

中村はすぐ先にある大名屋敷地の角を曲がると、南割下水に並行する道を急ぎ足で辿った。まっすぐ行けば大名屋敷の塀にぶつかるが、その手前を南北に三ツ目通りが走っている。

前を歩く中村秀太郎は足を急がせた。遅れまいと祐之進と勘之助はあとにつづく。

祐之進は友助に心で念じる。

(友助、江戸を離れていてくれ。どこか遠くへ逃げていてくれ)

三ツ目通りに出ると、すぐ左に折れて南割下水に向かった。

「さっきのやつらに見つからぬようにしろ」

中村が振り返って忠告した。

しかし、南割下水沿いの道まで来ても、さっきの三人の姿はなかった。

「どこへ行きやがった」

歯ぎしりするような顔で中村が通りを眺める。祐之進もあたりに視線を這わせたが、さっきの三人の姿はなかった。

「遅かったか……」

中村が舌打ちをした。


その頃、伝次郎たちは猪牙舟で大横川を北に向かっていた。棹を持つのは与茂七である。

伝次郎は町奉行所に行って来たことを話し、武田家のことは大まかにわかっただけで、惣領の勝蔵の人柄などまでは調べられなかったと告げた。

「むろん、人柄がわかったところで友助を救えるかどうかはわからぬのだが……」

「ひょっとすると妹の店を訪ねているかもしれません」

粂吉が言うように、伝次郎もそうではないかと思い、与茂七に浅草へ行けと指図れた。

猪牙舟は業平(なりひら)橋をくぐり抜け、そのまま大川に出ると、駒形堂の舟着場に寄せられた。

そこから友助の妹・おかずが奉公している鶴屋という反物問屋はすぐだ。

店の勝手口にまわり、伝次郎は裏木戸で声をかけて、出てきた女中に、

「わたしは南御番所の者だ。沢村伝次郎と申す。ここにおかずという女中が奉公しているのだった。

ていると思うが会えないだろうか」

と、頼んだ。

「御番所の……おかずがなにか……」

女中は相手が町奉行所の者と知り、顔をこわばらせた。

「訊ねたいことがあるだけだ。いるなら呼んでくれぬか」

女中は畏まって店のなかに戻った。しばらくして小柄でふっくらした顔の若い娘があらわれた。どことなく友助に似ている。

「おかずか？」

「はい」

おかずは大きな目をみはってうなずいた。緊張の面持ちだ。

「そなたには友助という兄がいるな」

「はい。でも、養子に行っています」

「存じておる。もしや、その友助がここにやってこなかっただろうか？」

おかずはいいえと、首を振った。

「兄さんがなにかやらかしたのでしょうか？」

おかずは不安の色を浮かべた。

「いや、会って話したいだけだ。もし、友助が訪ねてくるようなことがあったら、わたしの家に来るように伝えてもらいたい。もう一度言うが、わたしは沢村伝次郎と言う」

「……はい、そう伝えればよいのですね。でも、兄さんはわたしのことは知らないはずです」

「いや、知っている。親戚の家で聞いているのだ」

おかずははっと目をみはった。黒く澄んだ瞳だ。

「すると、隅田村の五兵衛おじさんの家に行ったのでしょうか」

伝次郎はうむとうなずいて、言葉をついだ。

「友助はあるお武家の屋敷で奉公していたが、いまはやめている。わたしはなんとしてでも、友助の面倒を見たいと思ってな。この店のことも五兵衛から聞いたのだよ」

「それはお世話様です。でも、兄さんが来るかどうかはわかりません」

「来たら、わたしのことを伝えてくれ」

おかずはわかりましたと、お辞儀をした。

五

千草は寒空のなか、武田家のある薬師小路を歩いたり、屋敷裏の勝手口のある狭い通りで様子を見たりしていた。

表門の出入りはほとんどなかった。勝手口が開きはしたが、すぐに戸が閉められ、人の出てくる気配はなかった。

しかし、昼前に酒屋の御用聞きが勝手口を訪ねて、提げていた酒徳利を応対に出た奉公人に三本わたして歩き去った。

千草はあとを追って声をかけると、武田家にいる奉公人・福田祐之進を知っているか訊ねたが、酒屋の御用聞きは首をかしげて、侍奉公をしている人は知らない、奉公の女中しか顔を合わせたことはないと言った。

それ以上のことを聞けば不審がられるので、手間を取らせ失礼したと言って別れた。


その後、愛宕下の茶屋で暇を潰しながら、表口を見張りつづけていた。福田祐之進は中小姓ということだった。旗本家において若党と中小姓の区別は難しいが、いずれも主人の近くに仕える者だ。

実際、屋敷のなかでどんな務めをしているのか、千草にはわからないが、友助と仲のよかったのは福田祐之進という奉公人である。それに同じ門長屋に住んでいたというから、友助の友達のことを聞いていると考えられる。

なんとしてでもそのことを聞き出さなければならないが、千草の思いどおりにはいかない。

中天に昇った日は西に移りつつある。縕袍を羽織ってはいるが、寒さは厳しく、足先が冷たくなるので、床几に座ったまま足をすり合わせた。

そのとき、薬師小路に三人の侍があらわれた。小柄で身体のがっしりした年かさの侍は、二人の若い侍を従えていた。

（武田家の人かしら……）

千草はまばたきもせずその三人に視線を送った。

やがてその三人は武田家の表門の脇にある潜り戸から屋敷内に消えた。走っていって福田祐之進のことを聞けばよかったと思ったが、後の祭りである。

茶屋を離れ、もう一度武田家の裏の道に足を運んだ。そのとき、ひとりの女中と中間らしき者が勝手口から出て大名小路のほうへ歩き去った。女中は一度会ったおくらではなかった。

話を聞こうと思い、千草はその二人のあとを追うように尾けた。行った先は源助町にある鍋釜屋だった。中間が大きな風呂敷で買ったばかりの鍋らしきものを肩に担ぎ、つぎの店に向かった。

行ったのは尾張屋という酢醤油屋で、そこで二人は醤油瓶と酢の入った瓶を買ったのだが、店の小僧がわたすときに手許が狂い、醤油瓶を落として割ってしまった。

そのことで武田家の中間は血相を変えて小僧を怒鳴り、拳骨（げんこつ）を飛ばして殴り足蹴（あしげ）にした。

(なんて乱暴な)

千草は止めに入ろうとしたが、尾張屋の者が飛びだしてきて、小僧を店のなかに押し込み詫びを入れた。しかし、中間の怒りは収まらないらしくひと悶着（もんちゃく）となった。

短気な中間らしく、

「おれは武田の殿様の屋敷の者だ！　御書院番の武田勝蔵様と言えばわかるだろう。小僧の粗相を庇（かば）うなんざ、ふてえ野郎だ！　やい、こら！」

と、つばを飛ばして怒鳴ると、またもや手代らしき店の者を突き飛ばした。近くで見ていた町の者たちが止めに入り、中間は羽交（はが）い締めにされ、そのまま自身番に連れて行かれた。その間も中間はわめき散らしていた。

いっしょにいた女中は戸惑っていたが、中間を置いていくわけにもいかず、同じ自身番に入って申し開きをした。そこへ尾張屋の番頭や手代が駆けつけ、ついには町の岡っ引きが出張ってくる騒ぎになった。

こうなると千草は口出しなどできない。しばらく様子を見ていたが、自身番でのやり取りはいっこうに終わりそうにない。

気づいたときには日が傾きはじめていた。


「おかみさん、どうしてんでしょうね。どうぞ」

与茂七が淹れたばかりの茶を伝次郎に差しだした。

川口町の自宅に戻り、茶の間で千草の帰りを待っているところだった。

「いずれ帰ってくるだろう」

伝次郎はそう言って茶に口をつけた。

「友助が妹に会いに行けば、旦那の言付けを聞くはずです。そうしたらここにやって来るかもしれません」

条吉が火鉢に炭を足しながら言った。

「それはわからぬ。友助は意外と頑固なところがあるようだからな」

「それでも行くところがなければ、来るような気がします。旅籠に泊まりつづけられる金は持っていないんですから」

与茂七が顔を向けてきたので、伝次郎はそうしてくれれば手間が省けると思った。しかし、あまり期待しないほうがよいとおのれを戒める。

それにしても、まさかこんな面倒事が起きるとは予想だにしないことだった。筒井奉行からの呼びだしがないのはさいわいだが、いつ新たな下知を受けるかわからぬことだ。

「こうなったら友助と仲がよかったという福田祐之進さんが頼りということになりますが……」

条吉は与茂七から受け取った茶に口をつけた。

「ここでじたばたしてもはじまらぬ。ここは腰を据えて千草の調べを待つしかない」

伝次郎がそう言ったとき、玄関の開く音がした。

「お帰りでしたか」

と、千草がすぐにやってきた。

「いかがであった？」

「会えませんでした」

千草はがっかりした顔をして上がり口に腰を下ろした。

「お屋敷の中間だと思うんですけれど、その方が酢醤油屋で悶着を起こして、いま大変なんですよ。女中さんがいっしょだったので、話を聞こうとしたんですけど、町の岡っ引きが出てきてすったもんだの大騒ぎです」

「どういうことだ？」

伝次郎は千草を見た。

千草があらましを話すと、伝次郎は宙の一点を見据えて考えた。

「その番屋はどこだ？」

「源助町ですが……」

伝次郎は手にしている湯呑みを膝許に置くと、表情を引き締めた。

「粂吉、与茂七、ついてまいれ。源助町の番屋に行く」

六

「昇平（しょうへい）という親分ですけど、手を焼きました。なにせ相手は武田のお殿様のご家来です。家来と言ってもお中間でしょうが、鼻っ柱の強い人でしてね。後ろ盾があるからでしょうけど、親分に食ってかかる始末です。さすがの親分も頭に血を上らせていましたが……」

源助町の自身番の書役は、伝次郎にそう話して、やれやれと首を振った。

「それで話し合いはついたのか？」

「泣き寝入りですよ。殴られ蹴られて……可哀想に」

「殴られたのは尾張屋の小僧だったのだな」

「さようです。末吉というおとなしい子です。尾張屋の旦那があとでやってきて、訴えてやると息巻きましたが、相手が武田家の中間だと知ると、苦虫を嚙みつぶしたような顔で帰っていきました」

伝次郎は武田家に探りを入れることができると考えた。

「岡っ引きは昇平というのだな。誰か呼んできてくれぬか。話を聞きたい」

伝次郎はそう言って自身番詰めの番人と店番を見た。

「この刻限なら家にいるはずだ。呼んできてくれないか」

書役が番人と店番を見て言うと、小柄な店番が呼びに行った。

「親方、尾張屋で話を聞いてくるので、昇平が来たら待たせておけ」

伝次郎は書役に言って自身番を出ると、尾張屋という酢醬油問屋に足を向けた。

すでに日は暮れており、町には夜の帳が下りていた。尾張屋も表戸を閉めていた。

戸をたたいて訪いの声をかけると、脇の潜り戸が開き、若い小僧が顔を見せた。

伝次郎が用件を伝えると、すぐに奥に引っ込んで戻ってきて、店のなかに入れてくれた。

帳場の前で待つほどもなく、尾張屋の主が腰を低くしてあらわれた。

「末吉のことでございますね。ひどい目に遭いました」

尾張屋はそう言って、店先で元太という武田家の中間にこっぴどく打たれた末吉のことを話した。

「まあ、末吉も悪いのでございますが、あそこまで乱暴することはないと思うんです。それでわたしも文句を言ったんですが、元太という中間は権高な物言いで、文句を言われる筋合いはない。文句を言うのはおれのほうだ。大事な品物を台なしにされて黙っていられるかと、それは大変な剣幕で。相手は武田の殿様の使用人ですから、こちらも強くは出られませんので、末吉には堪えてもらうしかありません」

「それで引き下がったのか？」

「ご贔屓筋ですから……」

「末吉は怪我をしたのではないか？」

「目が潰れたように腫れあがって、胸のあたりの骨を折ったみたいです」

「なに」

伝次郎は眉宇をひそめ、末吉に会えるかと問うた。

「お話があるなら連れてまいりましょう」

尾張屋は一旦奥に引っ込み、すぐに末吉を連れてきた。末吉はまだ十四、五歳の小僧で、おどおどした様子で伝次郎の前に座った。両目が青黒く腫れ、胸のあたりを庇うようにしていた。肋骨が折れているか、罅が入っているのだろう。

「ずいぶん乱暴されたな。痛かっただろう」

末吉は泣きそうな顔でうなずいた。

「なにゆえ、さようなことをされた？」

末吉は醤油瓶をわたすときに、手許が狂い落としてしまったと言った。すぐに謝ったが、いきなり怒鳴り散らされて打たれたと話した。

「この様子なので、明日にでも医者に診てもらおうと思います」

末吉が話し終えると、尾張屋がそう付け加えた。

「相手が旗本家の奉公人であろうが、放っておけることではない。場合によっては考えなければならぬな」

「沢村様、お力になってくださるので……」

「こんなことを放っておけば、武家に奉公している者たちにいいようにされるだけであろう。相手が贔屓筋だからと言って泣き寝入りは感心できぬ」

「おっしゃるとおりだと思います」

「話はわかった。またあらためて伺おう」

伝次郎が自身番に戻ると、昇平という岡っ引きが待っていた。

「南町の沢村だ。尾張屋での悶着は聞いたが、武田家の元太という中間はやり過ぎだな。末吉に会ってきたが、痛々しいことこのうえない」

「ありゃあやり過ぎです。そのことを申しますと、権柄(けんぺい)ずくであっしを怒鳴り散らす始末です。この出しゃばり野郎、町の岡っ引きはすっこんでろとか、てめえに説教される筋合いはないとか、文句がありゃ屋敷まで来て殿様に話をしやがれと言いやがる。まあ、相手のことを考えると、しかたねえんで引き下がったんですが、思いだすといまでも腹が立ちます」

昇平はそんな顔をしていた。

「末吉に悪気はなかった。そして謝ったのに足蹴にされてひどい目にあった。顔は腫れあがり、肋骨が折れているかもしれぬ。相手が家士だったらややこしいが、元太というのは使用人だろう」

「中間だと言ってやした」

伝次郎は考えた。中間は武家奉公人であっても士分ではない。町奉行所が調べをすることはできる。

「女中がいっしょだったらしいが、その者の名は聞いているか？」

「おかつという女中です」

伝次郎はお藤の死体を見つけた女中だと気づいた。

「尾張屋は訴えるかもしれぬ。そのときにはまた話を聞くことになる。昇平、呼びだして悪かったな」

「いえ、とんでもありません。あっしも腹の虫が治まっていないんで、元太という中間をへこましてやりてえんです。旦那がやつをしょっ引くなら助をします」

伝次郎はそのときは頼むと言って自身番を出た。

「旦那、どうするんです？」

条吉が聞いていた。

「明日にでも武田家に話を聞きに行く」

伝次郎がそう言って歩きだすと、与茂七が友助はどこにいるんでしょうね、とぽつりとつぶやいた。

そのことも気になっている伝次郎は、夜空に浮かぶ冴え冴えとした月を見た。

七

友助は伝次郎が仰ぎ見た同じ月を眺めていた。

冷たい夜風が吹き込んできて行灯の火を揺らし、壁に映る自分の影が動いた。

そこは、通旅籠町にある小さな安宿だった。持ち金は日に日に乏しくなっていく。沢村伝次郎から借りた金一両は返さなければならぬが、いまはそのあてがない。

お藤を殺(あや)め、のうのうと生きている武田勝蔵に一矢(いっし)を報いてやろうと考えたが、容易にできることではなかった。それでも、このままおとなしく引っ込んでいるつもりはない。

友助はくっと唇を引き結び障子を閉めて、腰を下ろした。古びた畳は毛羽立(けばだ)ち湿っぽく、そして冷たい。部屋のなかはしんしんと冷え切っている。

隅に畳まれた煎餅布団を引っ張り、肩にかけて寒さをしのぐ。じっとしていると、お藤の顔が脳裏に甦る。口許に穏やかな笑みを浮かべた顔だ。

その日、友助はお藤の実家のある堀切村に行き、人づてにお藤の墓を探して線香を手向(たむ)けてきた。小さな墓にはまだ真新しい卒塔婆が立てられていた。

手を合わせて拝んだとき、お藤の苦しみが自分のことのように思えた。明るく前向きに生きていたお藤は、主(あるじ)である武田勝蔵に殺されたのだ。

その武田勝蔵は自分の家の女中を殺しておきながら平気な顔をしている。おのれの過ちを認めようともせず、罪を隠しているのだ。

（やはり、許せぬ）

友助は毅然(きぜん)と顔をあげて、壁の一点を凝視した。

このまま隠れるように生きていることはできない。武田家の者に見つかれば、手討ちにされるのは目に見えている。ならば、死を覚悟して武田勝蔵を討つしかないのではないか。

同じことを何度考えているだろうか。それなのに半ば無理だと、あきらめている自分もいる。されど、あきらめたら逃げ隠れして生きることになる。そんな人生はいやだと思う。

友助の葛藤（かっとう）は際限がなかった。その気持ちを表すように、手を結んでは開く。ついていない、つまらぬ人生だと胸のうちでつぶやく。そんな星の下に生まれたのかもしれないと思いもする。

顔をあげて唇を噛んだ。自分を産んだ母と父を何度恨んだことだろうか。なにゆえ、おのれの子を捨てるように他人にくれてやったのだろうか。親と子はそんなにも血の薄いものなのか。

腹を痛めて産んだ我が子に、母親は情愛はなかったのか。捨てるように自分を養子にさせた父親はどんな思いだっただろうか。

友助は同じことを幾度となく考えたが、貧しさがそうさせたのだとわかっていた。

それでも理解に苦しむことだった。

　しかし、赤星家に養子に入ってからは少なからず、貧しさから解き放たれた。三度三度の食事を与えられ、着るものも古着であっても襤褸(ぼろ)ではなかった。

　養父・赤星三右衛門は厳しくもやさしい人だった。剣術の手解きをしてくれ、読み書きの指南をしてくれた。

　養母はやさしく思いやりのある人であった。「友助、友助」と呼んでは、口許にいつも笑みを浮かべていた。

　養父・三右衛門は御目見(おめみえ)以下の御家人ではあったが、れっきとした武士だったので、生家に比べればよい暮らしをしていた。生家がいかに貧しいかも、そのときによくわかった。

　そんなときにも友助は思った。子を育てることもできないのに、なぜ産んだのだとじつの両親を心のうちでなじった。産んでくれなかったら、子供ながら悩み苦しむことはなかったのだと。

　じじっと行灯の芯が鳴って、友助は隙間風が入ってくるのに気づいた。

「明日は……」

つぶやいて、肚(はら)を決めなければならないと、唇を引き結んだ。そして、もう一度つぶやいた。

「この命捨てるか……」

第六章　南割下水（みなみわりげすい）

一

その朝は雪がちらついていた。

縁側の雨戸を開けた伝次郎は、雪を降らせる空を見た。鉛色の雲が広がっているが、その向こうには日の光が見える。さほどの降りではないとわかる。

そのまま茶の間に行くと、朝餉の支度をしていた千草が声をかけてきた。

「今日は武田様のお屋敷に出向かれるのですね」

「そのつもりだ」

「大丈夫でしょうか……」

千草は少し不安げな顔をした。

「若殿や殿様とやり取りをするのではない。話を聞くだけのことだ」

「それにしても難しいことですわね」

千草はため息をついて背を向けた。竈（かまど）の上にのせられた飯釜から湯気が上っていた。

伝次郎が淹れてもらった茶に口をつけたとき、玄関の戸の開く音がして、与茂七が粂吉とやってきた。

朝早くから旅籠を調べに行っていたのだ。

「どうであった？」

「友助はいませんでした。おそらく他の旅籠にでも泊まっているんでしょうが、花川戸の旅籠にはいませんでした」

与茂七が答えた。

「さようか。朝早くからご苦労であった。粂吉、おまえもいっしょに飯を食おう」

伝次郎は粂吉を茶の間にあげた。

「旦那、武田様の屋敷に行かれるので……」

「そのつもりだ。その前に尾張屋に寄って、武田家の中間に怪我をさせられた末吉の様子を見る。医者に診せているだろうから、結果を知りたい」

伝次郎は粂吉に答えて言葉をついだ。

「医者の診立て次第では、武田勝蔵様と話をすることになるやもしれぬ」

そう言いながらも、覚悟はできていた。と言うより、そうなることを望んでいた。

「雪が降ってますけど、積もりそうにはないです。おかみさん、しばらく店に出てませんけど、どうするんです？」

与茂七が腰を下ろして千草に声をかけた。

「友助さんのことが気になるから、落ち着いて商売などできないでしょう」

「ま、そうですよね」

「でも、どこにいるんでしょう？」

千草は味噌汁を椀につぎながらつぶやく。

「江戸を離れているなら、その旨の連絡をくれるとありがたいんですがね」

「与茂七、おれはそうは思わねえな。友助はまた武田家に近づいて、若殿の命を狙うような気がする。そうだと言い切れはしないが……」

粂吉が湯気を吹いて茶に口をつけた。伝次郎もそんな気がしてならなかった。早まったことをしないでくれればよいがと祈るような気持ちだ。

五つの鐘が聞こえてきた。いつもより遅い朝餉である。

「飯を食ったら尾張屋に行く」

伝次郎は千草から飯碗を受け取ると、粂吉と与茂七に言った。

その頃、武田家には動きがあった。勝蔵と八人の家来が屋敷を出たのだ。

「今日は念を入れて本所を捜す。なにがなんでも友助を見つけるのだ」

勝蔵は家来たちに強い口調で念を押し、ちらつく雪のなか本所へ向けて出発した。

いつまでも友助に拘わっていたくなかった。家来に探索をさせたが、まったく埒が明かない。そのことに業を煮やした勝蔵は、自ら友助捜しをやることにしたのだが、その日のうちに見つからなければあきらめるつもりでいた。

いつまでも下っ端の奉公人にかかずらう自分のことを愚かしいと思いもするが、友助の反抗的な目が忘れられない。おのれを人殺しのように見ているあの目だ。

そのことを思いだすたびに、腹立たしさがぶり返すのだった。だから今日が最後だと思って自ら友助捜しを思い立った。

ちらつく雪は日本橋を過ぎたあたりでやみ、雲の隙間から細い光の筋が町屋に射してきた。

「祐之進、これへ」

勝蔵は両国橋をわたったところで、福田祐之進をそばに呼んだ。

「友助が逃げたのはおぬしの不始末であった。そのことわかっておろうな」

「ははっ」

祐之進は唇を噛んでうつむく。

「友助は主人に逆らった不届き者だ。おまけに女中のお藤を殺したのはおれだと、罪をなすりつけておる。到底許せるものではない」

「…………」

「友助を見つけたら成敗するが、それはおぬしにまかせる」

祐之進は顔をあげた。

「さように心得よ」

「…………」

「返事をせぬか」

勝蔵は祐之進をにらんだ。

「ははっ」

勝蔵の心には波風が立っていた。それというのも友助という下らぬ奉公人を雇ったせいであるが、いらぬ噂を流されては困る。いまここでおのれに汚点がつけば、出世どころではない。

いずれは大番頭、あるいは町奉行もしくは大目付への出世の道が拓けているのだ。父を超えなければならぬという思いが、幼い頃より勝蔵の心にはあった。

書院番組頭になれたのは、父のおかげでもあるが、これから先はおのれの力で切り拓かなければならない。しかし、幕閣には目に見えぬ足の引っぱりあいがある。油断も隙もないのが殿中だ。

笑みを浮かべて挨拶をする者がいるが、それが本心からのものかどうかはわからぬ。

俗に旗本八万騎と言われはするが、それは家臣を含めたもので、実際には約五千騎ほどだ。その半数は非役であり、役職に就いている者でも家格によって出世の道はかぎられる。その点、武田家は家格も血筋も申し分ない。だが、だからといって安心はできない。

上に行けば行くほど出世を競う者がいる。親しげな笑みの下には裏の顔があるということを忘れてはならない。

番方にしろ役方にしろ、その頂点に立てるのはほんのひと握り。ゆえにいまここでミソをつけてはならない。それが友助を捜す最大の理由であった。

「このあたりがそうでございます」

南割下水のそばまで来たとき、家来の中村秀太郎が立ち止まって勝蔵を見た。

「赤星家のあったところであるな」

「さようです」

「よし、手当たり次第に聞き調べをし、なんとしてでも友助を追う手掛かりをつかむのだ」

勝蔵は表情を引き締めて家来に命じた。

二

武田家の中間・元太から乱暴を受けた尾張屋の奉公人・末吉は、肋骨を折っていた。

伝次郎は尾張屋で主の話を聞いたばかりだった。

「さようであったか」

「治るまでには半月か一月(ひとつき)かかるという診立てでございました」

「それで末吉はいかがしている?」

「動くとちょっとしたことで胸が痛むらしいので、帳場裏で帳付けの手伝いをさせています。それならできると当人も申しますので……」

「いずれ詳しいことを聞くことになるやもしれぬが、無理をさせぬことだな」

「お気遣いありがとう存じます」

伝次郎はそのまま尾張屋を出た。

「武田家へまいるのですね」

粂吉が聞いてきた。

うむとうなずいた伝次郎の足は、自ずと武田家に向いている。これからが正念場である。できれば武田家の惣領・勝蔵と話をしたいが、相手は書院番の組頭。町奉行の家来である伝次郎からすれば雲上人だ。

それでも、友助の命を救ってやりたい。伝次郎は丹田に力を入れ、口を引き結んだ。

雪はやんでいたが、薄い雲の向こうにぼんやりした日が見えるだけで、寒さがいや増していた。

武田家の表門は固く閉ざされていた。屋敷内から鵯の声が聞こえてくるぐらいで、いたって静かだ。

「お頼み申す」

伝次郎は鉄鋲の打ってある門扉をたたいて声をかけた。ほどなくして、脇の潜り戸が開き、若い家士が顔をのぞかせた。

「南町奉行所の沢村伝次郎と申す。御当家の中間・元太に話を聞きたく罷り越した。取り次ぎを願う」

「元太にでございますか……」

相手は意外そうな顔をしたが、すぐに呼んでくると言って立ち去った。

「旦那、おれもいっしょに屋敷に入ってよろしいので……」

与茂七が顔を向けてきた。

「相手次第だ」

しばらくして脇の潜り戸が開き、さっきの男が入ってくれと屋敷内に促した。伝次郎は邪魔をすると断り、粂吉と与茂七も入れてもらった。

元太という中間は小柄ながらがっしりした身体つきで、いかにも勝ち気な目をしていたが、その顔はこわばっていた。

「沢村と申す。おぬしが元太か」

「さようです」

「昨日のことだ。おぬしは尾張屋という酢醬油屋の小僧・末吉に殴る蹴るの乱暴をはたらき怪我をさせたな」

元太は太い眉を動かした。

「それはあの小僧が醬油瓶を落として割ったからです。そのせいであっしの草履は醤油まみれになりました」

「末吉はわざとそうしたのではない。過って落としてしまっただけだと申しておる。それにすぐに謝ったそうではないか。それなのに、おまえは殴る蹴るの乱暴をし、末吉の肋骨を折った」

「へっ……」

元太は驚き顔をした。隣に控える若い家士も驚いていた。

「医者の診立てでわかったのだ。それに、末吉の顔は腫れあがっておる。仕事もままならぬ有様だ」

「しかし、やつはあっしの草履を汚して、大事な醤油瓶を割ったのです」

「言い条はわかるが、それは通用せぬ」

伝次郎はそう言って若い家士に顔を向けた。

「ご主人はご在宅だろうか。こやつでは話が通じぬ」

「若殿様でございましょうか……」

若い家士が緊張した顔を向けてきた。

「この者を使っているのが若殿様なら、事情を話さなければならぬ。どんな理があれど、元太は末吉に怪我を負わせているのだ。武田家は尾張屋のお得意らしいから、尾張屋は遠慮をしておるが、黙って見過ごすわけにはいかぬ。さように若殿様に取り次ぎを願う」

言われた家士は戸惑い顔をして、一度母屋を振り返り、

「若殿様は留守でございます。どうしてもお話をされるのなら、出直していただくしかありませぬ」

と、かたい顔を伝次郎に向けた。

「いずこにいらっしゃる？　お城か？」

「……行き先は存じません」

伝次郎は母屋玄関に視線を送り、

「元太といっしょにお女中がいたらしいが、呼んでくれるか。話を聞きたい」

と、家士に言った。

「はあ」

「若殿様がご不在なら、ご用人でもよいが……」

「いえ、呼んでまいります。それで元太は？」

「もうよい。話はのちほど聞くことにする」

そのまま家士は元太といっしょに歩き去った。元太は母屋の裏のほうへ、家士は玄関に消えた。

伝次郎は屋敷内をぐるりと眺めた。表門の両脇に長屋があり、厩のそばに納屋がある。それから立派な土蔵もあれば、剪定の行き届いた庭もあった。庭の先には離れと思われる住居があった。

待つほどもなくひとりの女中が屋敷をまわり込んでやってきた。さっきの家士はあらわれなかった。

「お呼びでございましょうか」

女中はおどおどと伝次郎の前で立ち止まり、おかつですと名乗った。

「昨日のことだ。尾張屋で元太という中間が、尾張屋の奉公人・末吉に乱暴をはたらいたとき、そなたはそばにいたのだな」

「はい、いました。わたしはそこまでしなくていいと止めに入ったのですが、元太さんは頭に血を上らせてひどく小僧さんを折檻されました」

「おかげで末吉は肋骨を折り仕事ができなくなっておる」

「ま……」

おかつは目をまるくした。

「元太が乱暴をしたのは、末吉が醬油瓶を落として割ったかららしいな」

「割れたとき醬油が元太さんの草履を汚したんです。小僧さんは頭を下げて謝りましたけれど、元太さんは許さなかったのです」

おかつはそう言ってから、尾張屋の手代と主が止めに来て、それから町の岡っ引きまで駆けつけてくる騒ぎになったと付け足した。

「大まかに尾張屋で聞いたことに相違ないようだ。元太はよほど乱暴者のようだが、いつもそうなのか？」

「……力持ちなので若殿様は頼りにされていますが、気の短い人なのでわたしは苦手です」

おかつは失言だったと気づいたのか、うつむいた。その様子を見た伝次郎は眉根を寄せた。

「そなたはお藤が首を吊って死んでいるのを見つけたのだったな」

おかつははっと目を見開いて顔をあげた。

「なぜ、そのことを……」

「そのように聞いているのだ」

友助から聞いたことだが、おかつに不審がる様子はない。

「見つけたとき、なにか気づくことはなかったか？」

おかつは急に顔をこわばらせ、伝次郎の視線を外してもじもじした。

「なにか気づいたことがあったのだな」

「……それは、いいえ」

「教えてくれぬか。ことは人の死である。それにそなたと同じ女中仲間だったのだ」

伝次郎はおかつを凝視した。おかつは唇を小さく動かし、なにか口にしそうになったが、必死に堪えている様子だ。

「なにか見たのだな？　それともなにか知っているのか？」

おかつはかぶりを振った。伝次郎にはぴんと来た。この女はなにか隠している。

「他言すればまずいことか」

「いえ、でも、それは……」

おかつは躊躇(ためら)っている。だが、唇を引き結んだ。口にしてはならぬことを知っているのだ。伝次郎にはそう思えた。だが、いまここでしつこく聞いてもしゃべらないだろう。他の手立てを考えるとして、別のことを訊ねた。

「若殿様はお留守だと聞いたが、いずこへ行かれた？」

おかつは顔をあげて答えた。

「本所のほうだと聞いています」

伝次郎は眉宇をひそめた。粂吉と与茂七が顔を見合わせた。

「では、帰りは遅いだろうな」

「それは、わたしにはわかりません」

「福田祐之進というご家来がいると聞いているが、いるだろうか？」

できれば会いたかった。

「いえ、若殿様といっしょにお出かけです」

「ご家来を連れて外出か。若殿様は何人ほど連れて行かれた？」

「八人だったはずです」

「またあらためて話を聞くことになるやもしれぬ。邪魔をした」

伝次郎はそのまま背を向けたが、立ち止まっておかつを振り返った。畏まった顔で立っているおかつは小さく頭を下げた。

「旦那、この屋敷の若殿が本所に行っているのは友助を捜すためですよ」

屋敷を出るなり、与茂七が顔を向けてきた。

「おそらくそうだろう。だが、おかつという女中はなにか知っていそうだ」

「あっしもそう思いました」

粂吉が答えた。

「粂吉、おれの家に行き、千草と動いてくれ」

「おかみさんと……」

「おかつはなにか隠している。千草だったらうまく話を引きだせるかもしれぬ。なにが起こるかわからぬから、おまえは千草の供をしてくれ」

「旦那、おれは？」

与茂七が聞いてきた。

「おれといっしょに本所だ」

三

「いったいなにをしでかしたのだ。そなたを捜しに来た者が何人もいる」

青柳惣兵衛は友助をじっと見つめた。

「みなまで聞かないでください。わたしにはやらなければならぬことがあるのです」

友助は玄関の土間で深々と頭を下げて請い願った。

「やらなければならぬこととはなんだ。刀を貸すことと拘わりがあるのか？」

友助は唇を二度三度嚙み躊躇った。

「よいからあがれ。ゆっくり話を聞こう」

「いいえ、どうしても聞いてくださらなければ、ここで失礼いたします」

友助はやはり無理だと判断した。いきなり、訪ねてきて刀を貸してくれと頼むことがいかに愚かしいことか。もちろん、そのことはわかっていた。

「待て」

振り返ろうとした友助を、惣兵衛は呼び止めた。

「なにがあった？　なにをしでかしたのだ？　正直に打ち明けてくれぬか」

「それは言えませぬ。もし、青柳様が知ることになれば、累が及ぶかもしれませぬ」

「どういうことだ？」

友助は佇んでうなだれた。みなまで話してしまいたい衝動に駆られた。だが、それはできぬことだ。惣兵衛に迷惑をかけることになる。

「わたしは許せぬのです。武士は義を重んじると教えられました。わたしはその義を守りたいだけです」

「その義とはなんぞや？」

「父・三右衛門は、幾度もわたしを諭しました。君、不義を為すにあたらば、臣必ず諫むべしと。わたしはその教えを守りたいだけです」

「わからぬ。友助、いきなりやってきて刀を貸してくれとは尋常ではないぞ。いったいなにがあったのだ」

惣兵衛は土間に下り立ち、友助の襟をつかんだ。友助は激しくかぶりを振った。

「もうよいのです。これ以上は話せませぬ。どうかお許しください」

「友助……」

「青柳様、どうかお達者で」

友助はそう言うなり、惣兵衛を突き放すと、表に飛びだした。

「友助」

惣兵衛の声が追いかけてきたが、友助は脇の路地に飛び込み、しばらく行ったところでしゃがんで膝を抱えた。

馬鹿なことをしたと後悔した。無駄に青柳惣兵衛を悩ませることになった。自分は血迷っているのだと思いもしたが、他になにができると、胸のうちでおのれを叱咤した。

薄暗い路地の先にある道を人が行き交っている。その数は多くないが、立ち止まって友助のほうを見る者はいなかった。だが、近くには武田家の家来がいる。そして、武田勝蔵も。

この機を逃す手はない。そんな思いで、友助は薬師小路にある武田家の屋敷から、勝蔵たちを尾けてきたのだった。

　彼らが本所界隈(かいわい)を動きまわっているのは、自分を捜すためだとわかっている。いまここで見つかってはならなかった。つぎの手立てを考えなければならない。

（どうするか……）

　友助は曇天(どんてん)の空を仰ぎ見た。

　武田勝蔵を斬るには刀がいる。しかし、その肝心の刀がない。刃物屋で買い求めた庖丁では心許ないし、無理がある。

　武田勝蔵のそばには、中村秀太郎がついている。中村は武田家の家士に剣術の稽古をつける師範役で、その腕は知りすぎるほど知っている。

　刀がなければ武田勝蔵を討つ前に、中村秀太郎に返り討ちにされるだろう。そんな不覚は取れない。

（待てよ……）

　友助はあることに気づいた。

　武田勝蔵が連れている家来は八人。そのなかに福田祐之進がいる。屋敷の長屋でいっしょに暮らした人だ。自分に理解を示した人で、危うく殺されそうになった自分を逃がしてくれた恩人だ。だが、剣の腕はさほどではない。

（福田さんなら……）

武田家の家来たちは散り散りになって自分を捜している。福田祐之進もそのひとりで、この界隈の聞き調べをしている。

見つけられる前に、福田祐之進を見つければなんとかなる。

友助はきらっと目を輝かせると、目深（まぶか）に頬っ被りをして立ちあがった。股引に紺看板というなりは、その辺の中間や小者と同じだ。町の行商人にも見える。

路地を抜けて三ツ目通りに出た。右に行けば、竪川に架かる三ツ目之橋（みつめのはし）。通りには数人の侍の姿があったが、武田家の者ではなかった。

そのまままっすぐ歩き、大横川のほうへ向かった。川の手前は人通りの多い町屋だ。閑散とした武家地にいるより目立たない。

本所入江町（いりえちょう）の町屋まで来ると目についた一膳飯屋に飛び込んだ。腹が空いていたこともあるが、窓際に座って表を見張ることができる。

「茶漬けをください」

店の女に注文して、窓際に腰を据えた。小さく障子を開け、表をのぞき見る。侍の姿を見るたびに、どきりと心の臓が跳ねるが、いずれも武田家の者ではなかった。

茶漬けが運ばれてくると、肩をすぼめて嚙みしめるように食べた。これが最後の飯になるかもしれないと思いもする。

茶漬けを食べ終えると、茶を飲みながらしばらく表の様子を窺った。朝のうちは雪がちらついていたが、いまは薄曇りになっている。

ここにいれば安全だが、福田祐之進を捜さなければならない。武田家の者たちは南割下水近くの武家地を歩きまわっている。先に見つけられる危険を冒してでも、近くに行かなければならない。

友助は代金を置いて店を出た。いきなり寒風が吹きつけてきた。

四

「そこでよい」

伝次郎は与茂七に命じて猪牙舟を止めさせ、南割下水沿いの道を注意深く眺めた。武田家の家来らしき者の姿も、友助らしい男の姿もない。

そこは大横川に架かる長崎橋から南割下水に入った一つめの橋の袂だった。

「旦那、降りますよ」

与茂七が舫い綱を橋杭に繋いで顔を向けてきた。

「先に友助を捜しますか？　それとも武田勝蔵様を……」

伝次郎はすぐには答えず、短く思案をこらした。友助は武田勝蔵を尾けていると考えてよい。しかし、安易に手は出せないはずだ。ならばどうするか？

願わくば、友助が勝蔵たちを尾けていないことを祈るが、しかし、伝次郎の推量はそうではない。おそらくつけ狙っているはずだ。

伝次郎は猛禽のように目を光らせて、南割下水沿いの道に視線を送りながら考える。舟のなかで善後策を練ってきたが、考えは固まっていなかった。

「旦那……」

急かすように与茂七が声をかけてくる。

「与茂七、ここで分かれて友助を捜す。もし、武田勝蔵様を見つけたら、おれに知らせてくれ」

「どこでどうやって落ち合います？」

「五つ先の橋の近くに大名家の屋敷がある。津軽左近将監様のお屋敷だ。この堀川に面したところに裏門がある。その前だ。小半刻後にそこで落ち合う」

「承知」

伝次郎は与茂七のあとにつづいて河岸道に立った。

近くには作事方と賄方の大縄地がある。御目見以下の者たちに与えられた屋敷地だ。非番らしき者たちの姿が幾人か見られた。

河岸道には行商人の姿もあった。伝次郎はゆっくり歩を進める。

武田勝蔵は八人の家来を連れているが、おそらく手分けして友助を捜しているはずだ。もし、友助がすでに見つかっていれば、間に合わないことになる。

伝次郎は友助を捜すと同時に、武田家の家来も捜すべきだと考えた。家来たちが動いていれば、友助はまだ無事だということだ。

伝次郎は賄方の大縄地に入った。同じような大きさの屋敷が並んでいる。三十坪から五十坪程度の屋敷ばかりだ。どの家の玄関も閉じられている。

友助の友達はここにいなかっただろうか。いたかもしれない。その聞き込みもすべきだが、先に武田勝蔵、あるいはその家来を捜すほうを急がなければならない。

大縄地を抜けると東西に走る道に出た。東は大横川、西のどん突きは旗本屋敷。

伝次郎はどちらへ行くか数瞬迷い、西へ向かった。路地があれば、立ち止まって奥に視線を走らせる。人の姿がなければ、また先へ進む。

四つめの角に来たとき、北のほうに二人の侍の姿があった。ひとりは長身で着流しに綿入れの羽織、もうひとりは小太りだった。

伝次郎は眉宇をひそめて目を凝らした。小太りは一度会ったことのある中村秀太郎という家来だ。条吉と与茂七を痛めつけた男だ。

その二人がこちらに歩いてきた。伝次郎は顔を見られないように歩き、すぐ先の路地に入った。

中村といっしょの男が武田勝蔵かもしれない。息をひそめて様子を窺ったが、二人が来る気配はなかった。

(友助はまだ無事だ)

中村秀太郎がいたことがなによりの証拠だ。

伝次郎は少し安堵した。だが、油断はできない。いまこのときに、他の家来が友助を見つけているかもしれないのだ。

伝次郎は焦る心を抑え、つぎの路地に向かって歩いた。少し行ったところで、一軒の屋敷から出てきた男がいた。あたりを見まわし、そして隣の家を訪ねて行った。

（武田家の者か……）

そう考えておかしくなかった。友助を捜すために聞き込みをしているのだ。

伝次郎は友助を捜すために歩を進めたが、待てよ、と立ち止まった。

（友助が武田勝蔵の命を狙っているのであれば……）

さっと、来た道を振り返った。さっき中村といっしょにいた男が武田勝蔵なら、その近くにいるのかもしれない。

伝次郎は内心で舌打ちをしてきびすを返した。しかし、中村秀太郎と連れの男を見つけることはできなかった。

そうこうしている間に、与茂七と待ち合わせた刻限になったので、津軽家上屋敷の裏門前に行ったが、与茂七はまだ来ていなかった。

目の前には舟着場があった。一艘の舟の舷側に極印（ごくいん）と並んで家紋が入れられている。津軽家のものだ。物資を屋敷に運ぶための舟だろう。

「旦那……」

与茂七がやってきて、見つからないと言った。

「ですが、武田家の家来らしき侍を何度か見ました。聞き込みをしているんで、友助はまだ見つかっていないはずです」

「おれも中村秀太郎という家来を見た。丈の高い侍がいっしょだったが、あれが武田勝蔵様かもしれぬ」

「どこで見ました？」

「賄方の屋敷地の近くだ」

「武田家は手を広げて捜している様子です。友助がこの辺にいるかどうかもわからないのに……」

「いなくとも、追う手掛かりをつかむためかもしれぬ」

「それで、どうします？」

「友助が屋敷から武田家の者を尾けているなら近くにいるだろう。そして、やつの狙いは武田勝蔵様だ」

「それじゃ武田様を捜して様子を窺うべきでしょう」

与茂七が真剣な目を向けてくる。

「うむ。そうすべきだ」

伝次郎は同意して、

「おそらく中村秀太郎といっしょにいるのが、武田様だろう。もう一度大縄地のほうへ行ってみよう。少し離れてついてこい」

五

友助は自分を捜している武田家の家来たちを何人かやり過ごしていた。そして、ついに福田祐之進を見つけた。

それは御竹蔵（おたけぐら）の南、本所亀沢町（かめざわちょう）の外れだった。少し距離を取って尾け、小さな稲荷社の先で声をかけた。

「福田さん」

祐之進が振り返り、目をみはって驚き顔をした。

「おまえ……」

友助は素速く近づくと、袖をつかんで脇の路地に祐之進を入れた。

「やはり、こっちに来ていたのか……」

祐之進は驚きを隠しきれない顔で見てくる。

「ずっと朝から尾けていました」

「なにゆえ、そんな無謀なことを。逃げるんだ。見つかれば、おまえは無事にはすまない」

「わかっています」

「だったらなぜ？」

「わたしは逃げつづけなければなりません。そんなのはいやです。江戸にいるかぎり、若殿様の目を気にしながら、びくびくして過ごすことになります」

「江戸を離れるんだ。おまえの家はもうないんだろう。生家も養父母の家も……」

「されど、わたしは江戸を離れる気はありません」

「生きたいなら江戸を離れるのだ。一年、いや半年ぐらいでもいい。その間に若殿様も忘れるだろう。いつまでもおまえに拘わっていられないはずだ」

「そうだとしても、たまたま若殿様と出会うかもしれません。そうなったら、またわたしは逃げなければなりません」

友助は言いながら祐之進の刀を何度か見た。

「されど……」

「逃げつづけるのはいやです」

「いやでも逃げてくれぬか。おれは若殿様に命じられたのだ。もし、おまえを見つけたら、手討ちにしろと」

「福田さんがわたしを……」

友助は口を引き結んだ。

「そうだ。おれにはそんなことはできぬ。おまえを斬るなんてできぬ。だけど、若殿様に強く命じられたら……」

祐之進はかぶりを振った。

「頼む。逃げてくれ。この近くを屋敷の家来が、おまえを捜すために聞き込みをしているのだ」

「それは知っています」

「ならば、どこか遠くへ行ってくれ。ここは危ない」

「福田さん、わたしは覚悟しています。ただでは捕まりません」

「どうすると言うのだ。なにを考えているのだ」

祐之進が詰め寄ってきた。同時に、友助は鳩尾（みぞおち）に拳骨をたたきつけた。祐之進ががくっと膝を折って頽（くずお）れた。

「お、まえ……」

友助は後頭部に手刀（てがたな）を見舞った。祐之進はそのまま地面に倒れた。

「福田さん、すみません。堪忍してください」

友助は泣きそうな顔で謝った。「堪忍です。堪忍です」と、何度も言いながら、祐之進の腰から鞘ごと刀を抜き取った。

「許してください」

気を失って倒れている祐之進に頭を下げると、隠し持っていた庖丁を投げ捨て、奪った大刀を褞袍で隠すようにして路地を駆け抜けた。

六

千草は武田家の裏木戸の前に立っていた。出てきた女中におかつを呼ぶように取り次いでもらったところだ。粂吉は近くの路地に控えて千草を見守っている。

「おかみさん、うまく話を聞いてください」

粂吉が抑えた声をかけてきた。千草がきりっと口を引き結んでうなずくと、粂吉は顔を引っ込めた。

千草は友助を助けることができるなら、なにがなんでも話を聞くと心に決めている。千草がどんよりした空を見あげたとき、木戸口が開き、ひとりの女中が出てきた。おかつだ。

「なんでしょう？」

おかつは心許ない目を向けてくる。

「おかつさんですね」

千草に聞かれたおかつはうなずいた。

「わたしはお藤の親戚の者です。一度お店の方に会って話を聞いているのですが、お藤のことを少し教えてもらいたいのです」

千草はおくらに会ったときと同じように話を合わせた。おかつは表情をかたくした。目に警戒心を浮かべもした。

「お藤は風邪をこじらせ、死んだと知らされたのですが、ほんとうは首を吊ったのですよね」

あっと、おかつは口を開いた。

「じつはそう聞いているのです。誰から聞いたかは申しませんが、ほんとうのことを教えてもらえませんか？」

「いったい誰にそんなことを……」

千草は、おくらは真相を漏らしたことを誰にも話していないのだと気づいた。もちろん、それは当然のことだろう。

「それは言えませんけれど、知っているのです」

千草はおかつを見つめた。

「おかつさんは、お藤が死んでいるのを最初に見つけられたのですよね」

おかつはまばたきもせずにうなずいた。

「そのときどんなふうでした？」

「どんなって……」

「では、いつ首を吊ったのかしら。そのこと知りませんか？」

「わかりません」

「なぜ、あなたはお藤の死体を見つけたの？」

「なぜって、それは……」

おかつは慌てたように視線を泳がせた。

「お藤が見つけられたのは朝早くだと聞いていますけど、あなたはその頃台所仕事で忙しくしていたのではないの。それなのに、奥の座敷に行ってお藤の死体を見つけたのですよね。なぜ、その座敷に行ったの？」

おかつは腰につけている前垂れの裾をたくしあげてにぎり締めた。あきらかに動揺している。

「なにか気になることがあったからではないの」

おかつの目が大きく見開かれた。

「そうなのね。正直に教えてくださらない」

「見たんです」

千草は目を光らせた。

「なにを見たの？」

「言わないでください。元太さんを見たんです」

「元太さん……それはいつ？」

「前の晩でした。あの人はお中間部屋にいるんですけど、あの晩、若殿様と廊下の隅で話していて、それからひとりで奥の座敷に行ったんです。元太さんがあの座敷に行くことは滅多にあることではありません。だから気になったんです」

「気になって翌朝、その座敷に行ったらお藤が首を吊っていたと……」

おかつは泣きそうな顔になってうなずいた。

「まさかと思いました。だけど、元太さんがなにをしたかはわかりません。若殿様にお藤さんは自分で首を吊って死んだけど、屋敷内でそんなことが起きたというのは世間体が悪いので病死ということにすると言われまして……」

「それじゃ、元太という人がお藤を？」

「いいえ、それもわかりません。お藤さんが自分で首を吊ったのかもしれませんし……。でも、どうしてそんなことを……？」

「親戚だからですよ」

千草はほんとうにそんな気がしてきた。

「他になにか知っているとか、気づいたことはない？」

「それだけです。もう堪忍してください」

おかつは深々と頭を下げた。

千草はおかつが屋敷に消えるのを見ると、すぐに粂吉と合流した。

「話は聞こえました。番屋に行って岡っ引きの昇平を捜し、それから元太をしょっ引きましょう。やつは尾張屋の末吉に乱暴をはたらいたやつです。しょっ引く訳はあります。厳しく詮議すれば泥を吐くかもしれません」

粂吉が目を光らせて言った。千草はそんな粂吉に頼もしさを感じた。

「それじゃ粂さん、頼んだわ。わたしも親分捜しを手伝いましょうか？」

「番屋に行けば居所はわかるはずです」

粂吉はそのまま、源助町に向かって歩いた。千草もあとに従った。

七

「旦那、あそこに……」

与茂七が声をひそめて一方を目顔(めがお)でしめし、屋敷塀の陰に身を入れた。伝次郎も気づいて与茂七のそばに身を寄せた。

それから十分に注意を払い、塀の角から通りを窺い見た。そこは三ツ目通りから一本西にある武家地の通りだった。

中村秀太郎が一軒の家の門内に消えると、武田勝蔵とおぼしき侍は表に立ち、あたりを見まわし、また門のほうに顔を戻した。

「友助の姿はないが……」

伝次郎がつぶやくと、

「旦那、この道の裏通りにまわってみましょうか」

と、与茂七が言った。

「……よし、そうしてくれ」

伝次郎の返事を聞いた与茂七は後じさりするなり、一本裏の路地に駆けていった。このあたりの武家地は碁盤目(ごばんめ)状に作られており、東西南北に道が走っている。さらに屋敷と屋敷の間にも路地が走っている。

伝次郎は友助がいないことを願うが、もし自分の推量通りに、友助が武田勝蔵を狙うようなことがあったら取り返しのつかぬことになる。

武家の主には奉公人を手討ちにする権限がある。しかし、武家奉公人には、なにがあろうと仕えている主を訴える権利はない。公儀もそれを認めていない。

もし、友助が書院番組頭の武田勝蔵を討てば、主殺しとともに公儀への反逆と見做され、極刑を受ける。それは、二日晒しの一日引き廻し。さらに鋸引きのうえ磔である。

友助が武田勝蔵に手出しをすれば、それこそ相手に大義名分を与えることになる。なんとしてでも暴挙は止めなければならない。

伝次郎が与茂七の去ったほうを見て視線を戻したとき、中村秀太郎と背の高い侍がこちらに歩いてきた。

伝次郎は後じさって、与茂七が駆け込んだ路地に入った。すぐそばにある屋敷の垣根から冬枯れの桜の枝と、松の枝が張りだしていた。

息をひそめていると、足音とともに話し声が聞こえてきた。

「他の者たちの話を聞かなければならぬ」

「なにか聞き出しておればよいのですが……」

「今日見つけられなくても、捜す手掛かりだけでもつかみたいものだ。それにしても、こんなことに煩わされるとは……」

二人の影がすぐ先の道を遠のいていった。

「若殿様、あれに清三郎らがいます」

中村秀太郎がそう言うと、足音が遠ざかった。伝次郎は路地から出ると、二人の後ろ姿を見送った。その目は中村が若殿様と呼んだ武田勝蔵の背中に向けられていた。

それは川船改役・鶴家の前の路上だった。

与茂七が路地を抜けたときに、友助が目の前を通ったのだ。後ろ姿を短くあらため見て、友助だとわかった。梵天帯に紺看板、そして褞袍を抱くようにして歩いていた。

「友助」

声をかけるなり友助が立ち止まって振り返った。その目が大きく見開かれた。与茂七は友助が抱くように持っている大刀を見た。

「おまえ、なにをしてんだ？」

「かまわないでください」

友助は怖れたように後じさった。

「下手な考えを起こしてんじゃねえだろうな。この近くには武田家の家来が歩きまわっている。捕まったら、ただではすまされないというのはわかっているだろ」

与茂七は言いながら友助に近づいた。

「与茂七さんには関わりのないことです。わたしはやらなければならないのです」

「なにをやるってんだ？」

与茂七はそう言うなり前に跳び、友助につかみかかった。勢いで地面に倒れて転がった。

「やめてください。放してください」

与茂七は友助の片腕を強くつかみ、大刀を奪い取ろうとするが、友助は必死に抗い突き放そうとする。

「みんな、おめえのことを心配してんだ。はやまったことをしたらそれこそ、おめえの一生は台なしだ。寄こせ、寄こすんだ」

与茂七は必死に刀を奪い取ろうとするが、友助は刀にしがみついている。地面を一回二回と転がり、与茂七は上になった。両膝で友助の肘を押さえてから刀を奪い取った。

「返してください」

友助は泣きそうな顔でつぶやきを漏らした。

「ならねえ。こんなもんどこで手に入れやがった？」

友助は口を引き結んで、かぶりを振った。

「旦那が近くにいる。ついてこい」

与茂七は立ちあがった。友助も半身を起こして、ゆっくり立った。

「返してください。わたしはやらなければならないのです」

「馬鹿言ってんじゃねえ」

与茂七が吐き捨てたとき、背後で「いたぞ」という声がした。はっとなって振り返ると、二人の侍が駆けてくるところだった。武田家の家来だ。

「逃げるんだ」

与茂七は友助の袖を引いて、そばの路地に飛び込んだ。

第七章　再会

一

(与茂七はどこにいるんだ)

伝次郎は通りをのぞき見てつぶやきを漏らした。戻ってくるのが遅いからだ。南割下水沿いの河岸道を見ると、そこには武田勝蔵とその家来が合わせて四人集まっていた。

武田勝蔵は家来たちから話を聞いている。ときどき、近所に住まう非番らしき侍が妻女を連れて通り過ぎる。

(友助はいないのかもしれぬ)

伝次郎はそうであることを願っている。

武田勝蔵があきらめてこのまま帰ってくれればよいと思う。ひょっとするとその話し合いをしているのかもしれない。

伝次郎がそう思ったとき、慌ただしい足音がして、同時に「いたぞ！　友助がいたぞ！」という声が一方の通りから聞こえてきた。

伝次郎ははっとなって声のほうに顔を向けた。同時に与茂七と友助が近くに姿をあらわした。そして、武田家の家来が友助に組みついて倒した。

伝次郎は「しまった」と、舌打ちした。もうそのときは遅かった。河岸道に集まっていた武田勝蔵たちが駆けだしたのだ。

友助は追ってきた二人の男に倒され、さっと刀を突きつけられ動けなくなっている。

与茂七が近くで四つん這いになり、息を呑んだ顔をこわばらせていた。その手に刀があるのを見た伝次郎は眉宇をひそめた。

「友助、ようやく見つけたぞ。きさま、主人に盾突き、屋敷を逃げだすとは許せぬ所業。観念するがよい」

駆けつけてきた武田勝蔵が友助のそばに立った。刀を突きつけられている友助は顔面蒼白になり、唇をふるわせていた。

「なにゆえ逃げた？　言い条があるなら聞いてやる」

ずいと前に出た勝蔵がすらりと刀を抜き、切れ長の鋭い目を光らせた。

「わ、若殿様は人殺しです」

勝蔵の目がくわっと見開かれた。伝次郎はここまでだと思い、身を隠していた路地の陰から表道に出た。

「きさま……」

勝蔵が薄い唇をねじ曲げて、刀を振りあげた。

「お待ちください」

伝次郎の声に勝蔵が顔を向けてきた。家来たちも一斉に見てくる。

「や、おぬしは……」

声を漏らしたのは中村秀太郎という家士だった。

「なにやつ？」

勝蔵が聞いてきた。

「南町奉行・筒井伊賀守様の家臣、沢村伝次郎と申します」

「すると内与力か……」

勝蔵が伝次郎をまっすぐ見た。伝次郎も見返す。

「市中での刃傷沙汰、見過ごすことはできませぬ。御書院番組頭・武田勝蔵様でございますね」

「なにゆえ知っておる？」

「そこにいる中村秀太郎殿にわたしの手先が痛めつけられたことがあります」

勝蔵が中村を見た。中村は目をぎらつかせ口を開いた。

「そやつは友助を捜しておったのに、嘘を言って隠そうとしたので懲らしめてやったのです」

中村は与茂七をにらんで言った。

「そこもとは沢村と申したな。友助のことをいつから知っておった？」

それに答えたのは刀を突きつけられている友助だった。

「わたしは屋敷から逃げたあとで、沢村様の奥様に匿ってもらったのです。そうしなければ殺されるとわかっていたからです。沢村様はわたしの傷の手当てをしてくださっただけです」

「友助、妙な庇い立ては無用だ。沢村殿、なにをこやつから聞いた?」

勝蔵が声を低めて細い目を光らせた。

その目を見返す伝次郎は肚をくくった。

「なにもかもでございまする」

かっと勝蔵の細い目が見開かれた。

「武田様がお藤という女中を手込めにして殺したこと。その殺しを隠すために、急ぎ茶毘に付したこと。さらに友助を死に至らしめるようなひどい折檻をしたこと」

「おれは殺してはおらぬ。なにもかも友助の戯言(ざれごと)なのだ。それを真(ま)に受けておるのか!」

勝蔵は顔を真っ赤にして目を剝いた。

「いいえ、武田様がお藤を殺したという証拠(あかし)はありませぬ。友助は障子に映る武田様とお藤の影を見、そして苦しみ呻くお藤の声を聞いただけです。そして、翌朝、首を吊ったお藤の死体が見つけられた。武田様が手にかけた殺しだとするものはありませぬ」

「そのとおりだ」

「されど……」

勝蔵の眉がぴくりと動いた。

「お藤の首には武田様のものらしき指痕が残っていた。それはお藤の死に装束を調えた女中が見ています。さらに、焼き場のある深川の浄心寺の者も同じような指痕を見ています」

「それがどうした。指痕があったから、おれが殺したと言いたいか。お藤は自ら首を吊って死んだのだ」

「そうかもしれません」

「そうなのだッ！」

勝蔵は唾を飛ばして喚(わめ)いた。刀の柄を強くにぎりふるわせた。

「わたしは武田様の仕業だったとは申しておりませぬ。そのような思案をしただけでございます。ただ、このまま手を引くわけにはまいりませぬ」

「きさま、おれを脅しておるのか」

伝次郎は静かに勝蔵を眺めた。小鬢(こびん)の毛がふるふると風に揺れていた。

「脅しではございませぬ。ただ有り体に申しているまででございまする。さりながら、この一件を知っているのは、ここにいる者だけです」

伝次郎はそう言って、勝蔵の家来たちを眺め、地に這っている友助を見た。与茂七はいつの間にか立ちあがり、伝次郎の背後にいた。

「この一件、表沙汰になれば御書院番組頭・武田勝蔵様の進退に関わることだと、わたしは察します」

勝蔵はぎろりとした目を伝次郎に向け、

「ならば、友助が見たという件の夜のことを正直に話そう」

そう言って、一度大きく息を吸って吐きだした。

二

「お藤は女中にしては垢抜けた女だった。かねてよりお藤なら側女にしてもよいと考えていた。あの夜、おれは奥座敷にお藤を呼び、側女にするために口説きにかかった。されど、お藤は納得してくれなかった。よってあきらめるしかなかった」

勝蔵は言葉を切って、大きなため息を漏らして話をつづけた。

「ところが翌朝のことだ。女中たちの騒ぎを知り、お藤が首を吊って死んでいるのを目のあたりにして驚いた。まさかそんなことをするとは思いもよらぬことだったのだ。屋敷で女中が自害したというのは外聞が悪い。わたしは女中たちにお藤は病を患って死んだことにすると言い含め、死体の始末を急がせた。それがすべてだ。神かけて嘘ではない」

勝蔵はそう言うと、伝次郎から友助に視線を移した。

友助は刀を突きつけられたまま身構えた。

「友助、おれはお藤を殺してはおらぬ。おまえはおれを人殺しだと言ったが、それはおまえの勝手な思い込みに過ぎぬ」

「まことに、まことのことでございまするか……」

友助は目をみはってつぶやいた。

「いまおれが言ったことに嘘偽りはない。まことだ」

その言葉を信じれば、武田勝蔵に罪はない。現に友助は勝蔵がお藤を殺したという場を見てはいないのだ。ならば、勝蔵の話を信じるしかないのか……。

「武田様、ならばなぜお藤は自ら命を絶ったのでございましょうか？」

伝次郎は問うた。

「それはお藤しか知らぬことだ。さりながらお藤を死に追いやったのは、わたしのせいかもしれぬ。お藤を口説いた挙げ句、突き放したわたしの……」

いまの話が真実なら、伝次郎も友助も大きな誤解をしていたことになる。なれば、勝蔵の勘気に触れた友助の落ち度ということだ。

「若殿様、わたしは誤っていたのでございますか。ならばここで、どうか手討ちにしてくださいませ」

友助が喉の奥から声を絞りだして頭を垂れた。伝次郎は目をみはった。

勝蔵の身体が友助に向けられ、抜き身の刀がゆっくり振りあげられた。友助は覚悟したのか、両目をつぶった。そのとき別の声が聞こえてきた。

「お待ちください！　お待ちください！」

伝次郎が声のほうを見ると粂吉だった。そのうしろには千草の姿もあった。

「なにやつだ？」

勝蔵が問うた。

いた。

「わたしの手先でございます」

伝次郎はそう言って粂吉と千草を見た。二人とも額に汗を光らせ、荒い息をしていた。

「中間の元太が、白状しました」

粂吉が息を切らしながら言った。

「お藤を殺したのは武田勝蔵様です」

粂吉の目は勝蔵に向けられていた。伝次郎も勝蔵を見た。

「なにを言う」

「この期に及んで嘘は通りません！」

声を張ったのは千草だった。勝蔵はその勢いに押されたように一歩後じさった。

「お藤が首を吊って見つかる前の晩に、おかつという女中が、中間の元太が奥の座敷に入るのを見ているのです。中間が滅多に入る座敷ではなかったので、おかつは気になって翌朝その座敷を見に行き、お藤の首吊り死体を見つけたのです。ですが、おかつは元太がお藤を殺したと思ったのですが、じつはそうではなかった。ですが、なにもかも調べがつきました」

こういったとき千草は弁が立つ。

「なにを調べたと言うか……」

勝蔵はこめかみをひくつかせて千草をにらんだ。だが、千草は怯まなかった。

「こうなったら、なにもかも話してかまいませんね」

千草がたしかめるように伝次郎を見た。伝次郎はうなずいた。ここは千草にまかせることにした。

「武田様の中間・元太は、お藤が殺された晩に若殿様に呼びだされ、お藤の骸の始末を命じられたのです。それはお藤が自ら首を吊ったように見せかけるためでした。尾張屋の奉公人・末吉に乱暴をはたらいた元太の調べに立ちあった昇平という町の岡っ引きが、なにもかも聞いているのです。武田様は御書院番組頭の前に武士でございましょう。武士の前に人の子ではありませんか。そして、武田様に殺されたお藤も人の子でした。生まれは違っても、同じ人の子だったのです!」

「ええい、黙れッ! 女の分際で無礼にもほどがある」

「若殿様、あなたは人殺しです。たとえ相手が使っている女中であっても、容易くその命を奪ってよいものでしょうか。人の命の重みは身分で決められないはずです」

「黙れッ！　黙りおれッ！　洒落臭(しやらくさ)いことを言うでない。斬れ、みなの者、斬れ、斬るんだ！」

勝蔵は眦(まなじり)を吊りあげて家来たちに喚いた。

しかし、家来たちは刀を構えただけで、動いたのは中村秀太郎だけだった。素速く抜いた刀で千草に斬りかかったのだ。

「あっ！」

与茂七が驚きの声をあげた瞬間、キーンと鋼(はがね)の音とともに火花が散った。

伝次郎が水もたまらぬ速さで抜いた井上真改(いのうえしんかい)二尺三寸四分が、中村の刀を撥ね返していたのだ。

さっと体勢を整えた中村は正眼(せいがん)に構えて伝次郎と対峙(たいじ)した。伝次郎も正眼に構えてまわりの者たちを警戒し、

「千草、下がっておれ」

と、忠告を与えた。

瞬間、中村が突きを送り込んできた。それをすり落とした伝次郎は、さっと体(たい)を

入れ替えて八相（はっそう）に構え直した。横から勝蔵が斬り込んできた。

「たあーッ！」

伝次郎は受け流して、突きを送り込んでこようとした中村ににじり寄った。伝次郎に刀の切っ先を向けられた中村は気圧（けお）されたのか、じりじりと下がる。

伝次郎はその間も、全身の五感をはたらかせ周囲への警戒を怠らない。だが、かかってこようとする者はいなかった。所詮、雇われ奉公人たちである。人殺しの主人に味方をしたがよいかどうかの分別を持っているのだ。

だが、勝蔵が背後にまわり込んでいた。

「旦那……」

与茂七が注意の声を発したとき、中村が袈裟懸（けさが）けに斬り込んできた。伝次郎は同時に前に跳ぶと、身体をひねって中村の一撃をかわして背後にまわり込むや、その後頭部を刀の柄（つか）で打ちたたいた。

「うぐっ」

中村は目を白黒させながらその場に昏倒（こんとう）した。

伝次郎はそれをみなまで見ずに、背後から撃ちかかってきた勝蔵の一撃を払いあげた。勝蔵の身体がよろけると、そのまま足払いをかけた。

「あっ」

短い悲鳴を漏らした勝蔵は尻餅をつく恰好で地に倒れた。その喉元に、伝次郎は刀の切っ先を突きつけた。

勝蔵は顔色をなくし、悔しそうに口をねじ曲げていた。

「先に刀を抜き、斬りかかってきたのは武田様方にございますぞ。ここで斬り捨てても文句はありますまい」

「……ま、待て。待ってくれ」

勝蔵は声をふるわせた。

伝次郎はもはや勝蔵の言葉など聞く気はなかった。

「御書院番と言えば武門の誉れ。あまつさえその組頭でいらっしゃる方が、たとえ相手がおのれの雇った女中だとしても、その命を軽く見るとは許しがたき所業」

「…………」

「されど、わたしに武田様を裁く権はありませぬ。おとなしくお引き取りいただき、ご公儀の調べを受けられるがよかろう」

伝次郎はさっと刀を引き寄せると、くるっと一回転させて鞘に納めた。

三

すっかり面目を失った勝蔵は、屈辱にまみれた顔でゆっくり立ちあがった。恨みがましい目を伝次郎に向けはしたが、その目に力はなかった。

「いかがされます？　あくまでも友助を討たれますか……」

聞かれた勝蔵はくっと口を引き結び、友助を見て低い声を漏らした。

「……勝手にするがよかろう」

庇うように与茂七に肩をつかまれている友助は、まばたきもせずに勝蔵を見ていた。

そのとき、気を失って倒れていた中村が、頭を振りながらよろけるように立ちあがり、

「や、きさま……」

と、刀をかまえたが、

「中村、やめるのだ。もうよい」

と、勝蔵が窘めた。

「いかがされたので……」

中村は得心がいかぬ顔でまばたきをして、まわりの仲間を見た。

「帰る」

勝蔵は小さく声を漏らし、そのまま河岸道を東へ向かった。武田家の家士たちは互いの顔を見合わせ、しかたないといった体で勝蔵を追った。中村もそのあとにつづいた。

そのとき、本所入江町の時の鐘が鳴った。三つの捨て鐘が鈍色の空に吸い込まれると、つづいて九つ（正午）を知らせる鐘音がゆっくり空をわたっていった。

負け犬のようにそぞろに歩く勝蔵の背後に従う家士たちが、伝次郎たちを一度振り返った。やがて、その一行の姿は脇の通りに入って見えなくなった。

「これでいいので……」

粂吉が伝次郎に顔を向けた。

「あの若殿様が真の武士なら、おのれの取るべき道はおわかりのはずだ。おれたちの出る幕ではない」

「御上にまかせると……」

「ご公儀ではなく、若殿自身にまかせるということだ。それより、元太という中間のことはどうなっておる？」

「昇平という岡っ引きを使っている、新垣という同心の旦那にまかせてあります」

「ならば、いずれ武田家にも調べが入る。怪我をした末吉もこれで少なからず救われるだろう」

「さようですね」

「友助」

伝次郎は声をかけた。

「はい」

「怪我はないか？」

「はい、ありませぬ。ありがとうございます」

友助は深く頭を下げた。

「では、帰ろうか」

伝次郎が猪牙舟を留めている場所に足を向けると、みんなもついてきた。与茂七が友助に声をかけていた。

「よかったな、友助。これでおまえは自由の身だ。逃げ隠れしなくてすむんだ」

「はい」

「今日は旦那の家でゆっくり休むんだ」

与茂七はそう言ったあとで、

「友助、この刀はどうしたのだ？」

と、聞いた。

伝次郎も気になって振り返った。

「それは福田祐之進さんの刀です。そうだ、福田さんは……」

友助が慌てたようにまわりを眺めわたしたとき、一方の路地からひとりの男が出てきた。福田祐之進だった。

「沢村様、少々お待ちください」

友助はそう言うなり、与茂七から刀を受け取り、河岸道にあらわれた祐之進のもとに駆けて行き、何度も頭を下げて刀をわたした。

それから短いやり取りをしてから、伝次郎たちのもとに戻ってきた。

「あの家来から借りていたのか？」

与茂七が聞いた。

「わたしはひどいことをしました」

友助はそう言って、祐之進から刀を奪い取ったことを簡略に話した。

「おめえってやつは……」

与茂七はあきれ顔をして首を振った。

曇っていた空はいつしか晴れ間に変わりつつあった。

四

川口町の自宅屋敷に着くと、千草がこまめに動いて、みんなに茶を淹れてくれた。

「もう友助さんは誰に遠慮することなく暮らしていけるのですね」

千草が笑みを浮かべながら友助に湯呑みを差しだすと、友助は尻をすってあとじさり頭を下げた。

「なにからなにまでお世話になり、お礼の言葉もありません。わたしはおのれの愚かさに気づきました。また、悔しい思いもありましたが、これでお藤も少しは救われると思います」

「おまえも救われたんだ」

与茂七が口を挟んだ。

「はい。まことにありがとうございました」

友助はそう言うなり、ぽろりと大粒の涙を畳に落とした。

「礼などいらぬ。さあ、頭をあげなさい」

伝次郎に促された友助が涙を堪えて座り直すと、

「それで、これからどうするつもり？」

と、千草が聞いた。

「はい。舟でこちらに戻ってくるときに考えたことがあります」

「それは……？」

「わたしの養父・赤星三右衛門に、わたしの仕官が叶わないときには、九段にある練兵館を訪ね、道場主の斎藤弥九郎様に弟子入りすれば、きっと面倒を見てくださると言われていました」

「練兵館の斎藤弥九郎殿と言えば、神道無念流の……」

「はい、養父・三右衛門はその斎藤様に教えを授かっていました。その縁があるので、頼ればきっと力になってくださると教えられていました」

「すると、友助にはその気があるのだな」

「いままで気は進まなかったのですが、こうなったからには勇気をだして訪ねたいと思います」

「すると友助、おまえは剣術で身を立てるつもりか？」

与茂七だった。

「どこまでやれるかわかりませんが、死んだ気になって励みたいと思います」

「そうか、それもおまえの生き方なんだろうな」

与茂七は感心顔で腕を組む。

「その前に妹にひと目会ってから練兵館に行こうと思います」

「なに、いまからってことか……」

与茂七が驚けば、伝次郎も意外に思った。今夜はゆっくり泊めてやろうと考えていたのだ。

「まだ、日はあかるいです。皆様にはなにからなにまでお世話いただき、ご面倒おかけしましたが、これ以上迷惑はかけられません。お借りした金と着物はいずれお返ししますので、それまでお待ちいただけませんか」

「さようなことは気にすることはない。しかし、いまから行くと申すか」

伝次郎は友助を眺めた。

「はい。そう決めています」

友助は意思の固い顔で答えた。

伝次郎は障子にあたる日の光を見た。まだ夕刻までには間があった。

「これから妹さんにお会いになるなら、そのなりではよくありません。与茂七、あなたの小袖を貸してくれないかしら」

千草が気を利かせて与茂七を見た。

「いえ、それは困ります。これで十分です」

「遠慮はいらねえさ。待ってな」

与茂七は身軽に立ちあがり、自分の部屋にいってすぐに戻ってきた。

「綿入れだから、寒さはしのげるはずだ」

友助は心苦しい顔をしながらも受け取ると着替えにかかった。

「わたし、いっしょに行きます」

着替えて戻ってきた友助に千草が言えば、与茂七もいっしょに行くと言う。ならばおれもと伝次郎も腰をあげ、粂吉を見た。粂吉もみんなが行くなら自分も供をすると言う。

家を出たのはそれからすぐだった。日の暮れまでには十分な間があった。町はいつもと変わらず、商家に出入りする客がいれば、振り売りの行商人も歩きまわっていた。

伝次郎たちは両国を抜け、御蔵前を通って友助の妹・おかずが奉公している浅草八軒町の反物問屋・鶴屋の前に来た。

伝次郎が店の小僧に声をかけ、用件を伝えると、裏にまわってくれと言われた。女中は店の表には出ずに、裏で下ばたらきをしているからだ。

勝手口のある裏の路地には、屋根を滑り降りてくる日の光が射していた。

友助がややかたい表情で待っていると、しばらくして裏木戸が開き小柄な女が出てきた。おかずだった。

伝次郎たちは少し離れたところで、その様子を眺めていた。

おかずはふっくらした顔にある目を、大きくみはって友助を眺めた。

「おかずか……」

友助が声をかけた。

「はい」

おかずは低声を漏らしてうなずき、鈴を張ったような目で友助を見る。

「わたしのことがわかるか？　友助だ。牛田の家で生まれたおまえの兄だ」

おかずははっと片手で口を塞いだ。

「わたしは五つのときに赤星家の養子になった。おまえが四つのときだ」

「ほ、ほんとに兄さん……」

「まこともまことだ。正真正銘のおまえの兄だ。覚えていないか？」

友助はおかずに近づいた。

「はっ。ど、どうして……わたし……」

おかずは目をうるませた。

「おかず。会いたかったのだ。達者でよかった」

友助は言うなりおかずの肩に手を伸ばして抱き寄せた。

「兄さん、ほんとに兄さん……」

二人は暮れゆく空の下で十一年ぶりの再会を果たした。

伝次郎は翳りゆく空を眺めた。千草は袖で両目をぬぐっていた。粂吉と与茂七は涙を堪えた顔で友助とおかずを眺めていた。

友助は短く自分のことを話し、それから伝次郎たちを紹介した。おかずは丁寧に膝に手をついて礼を言った。

「もうよいだろう。あとは二人だけにしてやろうではないか」

伝次郎はそう言って千草たちを促した。

通りの角まで来て振り返ると、友助が深々と頭を下げていた。

「達者でな！」

与茂七が声をかけた。

そして、小さく「馬鹿野郎」とつぶやき、片腕で両目をしごいた。

冬の日は落ちるのが早い。さっきまで明るかったのに、もう日が翳っていた。

みんなは黙って歩いた。御蔵前まで来たときに、与茂七が伝次郎に声をかけた。

「旦那、まっすぐ帰るんですか？　飯はどうするんです？」

「寒くなったので、熱いのを引っかけて帰るか」

伝次郎は空を見上げてから答えた。

「粂さん、やっぱ旦那はものわかりがいいですね」

与茂七がはしゃぎ声をあげた。

夕暮れの師走の道はだんだん忙しくなっていた。

*

三日後のことだった。

源助町の岡っ引き・昇平とともに、尾張屋の末吉に暴行を加えた元太の調べをしていた、北町奉行所の定町廻り同心・新垣新右衛門（しんえもん）から、伝次郎に知らせがもたらされた。

武田勝蔵が二日前に自宅屋敷で腹を召したと――。

知らせを聞いた伝次郎は、黙したまま澄みわたった冬の空を眺めた。

光文社文庫

文庫書下ろし／長編時代小説

反逆(はんぎゃく)　隠密船頭(おんみつせんどう)（十三）

著者　稲葉(いなば)　稔(みのる)

2024年7月20日　初版1刷発行

発行者　三宅貴久
印刷　新藤慶昌堂
製本　ナショナル製本

発行所　株式会社 光文社
〒112-8011　東京都文京区音羽1-16-6
電話（03）5395-8147　編集部
8116　書籍販売部
8125　制作部

ISBN978-4-334-10373-6　Printed in Japan

組版　萩原印刷